椋鳩十と戦争

生命《いのち》の尊さを動物の物語に

Tago Kichiro

多胡吉郎

書肆侃侃房

椋鳩十と戦争～生命《いのち》の尊さを動物の物語に～＊もくじ

装幀　毛利一枝
装画　「少年倶楽部」1941年11月号（部分）
Photo by Pete Godfrey on Unsplash

＊本文中の引用箇所に関して一部不適切で差別的な表現が見られるが、
引用元の作品の歴史性を鑑み、原文通りとした

椋鳩十と戦争

～生命《いのち》の尊さを動物の物語に～

はじめに

椋鳩十文学碑「道は雑草の中にあり」（屋久島）

ウクライナでの戦争が続いている。

戦火の鎮まらぬうちに、今度はパレスチナのガザで戦闘が始まった。

非軍事施設である住宅や学校、病院などの破壊、市民や子供までが犠牲となる悲惨な光景が、毎日目に飛びこんでくる。出口のない嘆きや怒りが、暗鬱な重石《おもし》となって心をふさぐ。

そんななか、生命《いのち》の大切さと生きることの尊さを謳《うた》う貴重な宝の山を再発見した。児童向けの動物文学により、かつて一世を風靡《ふうび》した椋鳩十（一九〇五〜一九八七）の作品群である。

椋鳩十と聞いて多くの人がイメージするのは、幼いころに、可愛らしい動物の絵が添えられた絵本で読んだ、ほのぼのと心あたたまる物語であろう。

犬や猫のような私たちの身のまわりの動物はもちろん、鹿や熊、猿やキツネ、イノシシ、ツルにカイツブリなど、哺乳類から鳥類まで、実にさまざまな動物が登場する。

どの物語も、愛らしさとやさしさに満ちあふれ、感動が胸にひろがる。

ある人は、お父さんやお母さんの膝に抱かれて、読み聞かされた思い出をもつことだろう。冬の日、炬燵の上のミカンを頬張りながら、懸命に文字を追い、読みふけった記憶をもつ人もいることだろう。

近隣の図書館の児童室で、どの本を先に読むべきか迷いながら、自分の好きな動物の話をチョイスして、絵本を手に取った人もいるであろう。

学校の教室で、授業で教わった人もいるに違いない。現に、代表作の「大造じいさんとガン」は、最初に作品が発表されてから八十年以上がたつのに、今も教材として小学校で使われている。

それでいて、多くの人々にとって、幼い日々がかなたに過ぎてゆくように、椋鳩十の作品に胸をときめかした体験は、はるかな過去の記憶に遠のいてしまっているかに思われる。

少年少女の小さな胸を熱くしたみずみずしい感動が、額縁に収まった古い写真にも似て、遠い記憶のなかに落ち着いてしまい、化石のように固まってしまっている。

かく言う私自身が、そうであった。

昔読んだ椋の動物物語は、なんとなくわかった気になってしまって、久しく目を通すことがなくなっていた。この十年ほどは、椋鳩十といえば、薩摩焼など伝統工芸の職人たちを描いた随筆を読むくらいで、この作家の主要作品からは離れたままだった。

それが、海のかなたの戦争に心を痛めるなかで、椋鳩十を見つめる新たな視点を開かされたのである。

それは、児童向けに愛とやさしさを綴ったこの人の動物物語が、他ならぬ戦争による傷心や苦悩を母体として生まれていたという事実であった。

戦争と作家と言えば、火野葦平の「麦と兵隊」や大岡昇平の「レイテ戦記」のように、兵士として戦争にかり出された人の作品や、原民喜の詩や「夏の花」、野坂昭如の「火垂るの墓」など、原爆や空襲によって犠牲をはらった市民を描いた作品のように、直接戦火に巻きこまれ、辛酸をなめさせられた人の書き物を思うのが普通だ。

鹿児島県の加治木町（現・姶良《あいら》市）で高校教師をしながら執筆を続けた椋は、徴兵にとられることもなかったし、報道班員として中国戦線や南方に派遣されるような従軍経験もなかった。

直接の戦争体験をもたず、また書き物が心あたたまる動物物語だったこともあって、戦争と作家を考える範疇には、椋鳩十はなかなか入ってこないのである。

だが、自身が戦火にまみれず、戦場の修羅場や地獄絵を筆にしなかったからといって、それは戦争、そして戦争に狂奔する社会に心を痛めていなかったことにはならない。

一見、戦争とは無縁の文筆生活を送ったように見えながら、実は椋鳩十という作家は、生命が粗末に扱われ、死が賛美されるような戦争の時代に心を痛め、生命の尊さとかけがえのなさを、動物物語のなかで描いていたのである。

そのことに気づかされたきっかけは、椋鳩十が長く暮らした鹿児島で、二〇二二年の春にさせていただいた講演会だった。

講演の内容は、川端康成の戦争体験（報道班員として鹿屋の特攻基地に滞在）に関するものだったが、会場にお集まりいただいた聴衆のなかに、椋鳩十（本名・久保田彦穂）のお孫さんにあたる久保田里花さんがいらしたのである。講演後、挨拶をかわし、この方の著した『椋鳩十　生きるすばらしさを動物物語に』を贈呈された。

本は、孫から見た大作家の素顔というより、客観的に椋鳩十の生涯と文学を追ったものだったが、児童にも大人にも読めるよう平易な文章で綴られ、濁りない眼差しの底に、祖父譲りに違いないやさしさが輝いていた。

いただいた本を読み通して、改めて、長い航海のような椋の生の軌跡を知ったが、作家人生の大事な節目節目に、戦争が影を落としていることに愕然とした。

久保田さんの筆は、特に戦争にスポットを当てるようには進まないが、そこを窓として椋の人生と文学を見つめ、追ってゆけば、これまで気づかなかった新たな作家像が浮きあがるように思った。椋鳩十の今日性の再発見である。

児童向けの動物物語を書いた心やさしき作家をとらえるに、「戦争」という視点に特化して考える必要性を感じたのである。

詳しくは後述することになるが、児童向けの動物物語を「少年倶楽部」に書き始めたのが、日中戦争開始の翌年にあたる一九三八年のことであり、代表作となった「大造じいさんとガン」が書かれたのは、一九四一年、太平洋戦争の始まる直前であった（＊注　当時のタイトルは「大造爺さんと雁」）。

ガンの群れの頭《かしら》で知恵にたけた「残雪」がハヤブサに襲われて傷ついたのを、狩人の大造じいさんが助ける慈愛を描くことで、椋は戦争で死ぬことが称えられた社会の風潮にあらがい、生命の尊さを説き、生きることの大切さを訴えた。

生命に対して愛と尊敬をもって向き合うこと、そして生きる者同士の共感といった今日にも通じるテーマを、時代とのぎりぎりの緊張関係のなかで描いていたのである。

戦後も、「孤島の野犬」や「マヤの一生」など、スケールの大きな動物物語を書き続けるが、この二作品はテーマそのものに戦争が関わり、そうでない物語の場合でも、作品の根っこには戦争の傷跡がずっと尾を引いている。

戦争によって受けた痛みが怒りを爆発させるのとは反対の方向で、椋は生あるものの息づきを描き、生命の鼓動を伝え、そのすばらしさを美しい物語に紡いだのである。

これはこれで、戦争と作家の確かな姿に違いない。椋鳩十という作家の抱えた、もうひとつの真実がそこにある。

地球の裏側では、今日も戦争が続く。

テレビであれ、ネットであれ、砲撃で破壊された瓦礫の街が連日映し出され、逃げ惑う人々や負傷した市民や子供の悲惨な姿が、容赦なく私たちの日常に飛びこんでくる。

二度とは帰らぬ人々……。愛する人、かけがえのない家族を喪《うしな》った人々……。自然ではない、理不尽な死が、私たちの胸に嘆きを積もらせる。

そのような心の墓場、荒涼とした精神の廃墟に、私は椋鳩十の物語を復活させてみたい。このような時代なればこそ、私は声を大にして叫びたいのだ。

「今こそ、椋鳩十のルネサンスを！」と――。

新たな戦争の火種は、はるかかなたにだけ存在するわけではない。日本のまわりの地域でも、妙なきな臭さが高まりを見せている。

だからこそ、今、戦争という視点からとらえた椋鳩十の世界を、きちんと理解しておきたい。椋が動物物語に込めたメッセージを、間違えることなく受けとめたい。

幼い日々に心を熱くした感動を、大人の胸にも蘇らせ、曇りない、みずみずしい感性によって、生命の尊さに向き合いたい……。

その時、椋鳩十は図書館の児童書の棚を飛び出し、私たち人間の、あまねく貴重な道しるべとなるに違いない。

椋鳩十の真価は、今日の時代性のなか、かつてなき深さと切実さをもって発揮されると、信じてやまないのである。

第一章

作家誕生。自由への憧れを謳《うた》う山窩《さんか》小説

故郷・長野県喬木村の椋鳩十銅像（写真提供　椋鳩十記念館・記念図書館）

動物物語を書くためではなかった椋鳩十のペンネーム

椋鳩十という名前は、児童向けの動物物語をライフワークとした作者に、いかにもふさわしい。この作者の手になる動物への愛に満ちた珠玉の物語を読むたびに、その思いを深くする。ペンネームであることは一目瞭然ながら、威厳を誇示するいかめしさとは無縁で、愛らしさに溢れ、この名を名のる作者なら、このような物語を書くはずだと、納得させられる。思わず笑《え》みがこぼれるような、なごやかな気持ちがひろがるのである。

このペンネームを自身に名づけた時点で、動物物語の作家への道は定まっていたのだと、誰しもがそう考えるだろう。

だが実際には、このユニークなペンネームが初めて用いられたのは、意外にも、今日私たちが知る椋の世界とは、およそかけ離れた作品においてだった。

一九三三年の春に自費出版で出された『山窩調《さんか》』――。山窩を描いた七つの短編からなるこの小説集によって、椋鳩十は作家デビューを果たしたのである。

「山窩」という名称は、今では、一般にはなじみの薄い言葉になってしまったが、かつて日本に存在した、山間部を漂泊して歩く放浪の民のことをいう。

その起源、歴史についてはよくわかっていないが、明治期には全国で二十万人もの山窩の人たちがいたと言われ、近代に入っても、家も戸籍ももたず、山から山への移動生活を営むことから、「日本のジプシー」と呼ばれたりもした。

山中での狩猟を主な暮らしの糧とし、一般社会とは隔絶した暮らしを続け、自分らのつくった竹細工や木工品などを売る時だけ、わずかに里人と接触をもった。「売る」と記したが、金銭を対価に売るより、米と交換するなど、物々交換の場合が多かった。

存在自体が謎で、暮らしぶりなど、わからないことばかりだった。それだけに、神秘の風をまとってもいた。

椋は長野県下伊那郡出身の山育ちだが、幼少期に見聞きした山の漂泊民の暮らしや風俗を、秘密のベールを剝ぐように活写してみせたのである。

椋鳩十というペンネームの由来について、後年、椋は次のように語っている。

——新しく出発するのだから、イミテーションの名前でなく、創作的なにおいのある名前をみつけたいと思った。

五十何年も昔のことだから、だいぶぼやけてはいるが、なんでも一カ月ほど考えたと思う。だから、かなり難産のペンネームである。

素地屋《きじや》の姓は小椋と書いてオグラと読む。私の書いた作品の素材は、素地屋や山窩だから、小椋の小をとりさって、椋（むく）とすることにした。鳩十（はとじゅう）の方は、そのころ住んでいた、ワラ屋根のてっぺんに、鳩がきて、毎日、クークーと鳴いていたので、ふと思いついてつけたまでである。（「名づけられたり、名づけたり」東京新聞　一九七〇年十二月二十日）——


素地屋は木地屋とも書くが、盆や椀など、塗りを施さない、木地のままの木工の器をつくる人のことである。

この仕事につく人には小椋《おぐら》の姓を名乗る人が多かったことから、一字を差し引いて「椋」としたのだという。椋鳥《むくどり》から名づけたように思っていたが、そうではなかったのだ。

それでも、ワラ屋根にとまってクークーと鳴く鳩の姿から、「鳩十」と下の名をつけるに際しては、苗字を「椋」としたゆえの、鳥同士の連想がはたらいたことは間違いなかろう。

山に生きる民を書くにあたって、彼らの脇でさえずる鳥を筆名としたのは、のちの動物物語の開花を予言するようにも見え、どこか運命的な気もする。

山育ち。「ハイジ」に感銘した少年のころ

椋鳩十（本名・久保田彦穂）は、一九〇五（明治三八）年、長野県下伊那郡喬木《たかぎ》村阿島に生まれた。天竜川をさかのぼり、飯田市の北東、中央アルプスや南アルプスの山々を望む丘陵地である。父は牧場を経営し、牛乳を販売していた。

少年の椋は、文字通りの牧歌的暮らしのうちに、朝な夕なにアルプスの山々を仰ぎ、豊かな自然に囲まれて育った。

喬木小学校から飯田中学に進み、次第に文学に関心をもつようになる。

多感な少年期にさまざまな本との出会いがあったが、そのなかで、決定的な出会いをもたらしたのは、小学六年生の時、担任の教師から借りて読んだヨハンナ・スピリの『ハイジ』だったという。初めて手にとる児童文学の書であった。

主人公の少女ハイジがアルムじいさんと山の夕焼けを見つめながら交わす会話のシーンに、少年の心は射とめられた。

「おじいちゃん、夕やけは、なぜこんなに美しいの？」

「人間でも、自然でも、最後のお別れの言葉が、いちばん美しいものなのだ。夕やけはなあ、太陽が、山やまに向かって、さようならのあいさつのしるしなんだよ。だから、あんなに美しいのさ。」

この時、椋は裏山の松林の落ち葉の上に寝転んで、本を読んでいた。

アルムじいさんの言葉が、しんそこ胸に沁みた。
生涯忘れられない記憶となった感動の体験を、椋はのちに次のように語っている。

――ひょいと目をあげると、おお、伊那の谷間も物語そっくりだ。真っ赤に染まり、はるか美濃の方まで続いている。ああ、こんなに美しかったのに、どうして今まで気づかなかったのだろう。感動して立ち上がると、足下に見える小さな宿場町まで一緒に真っ赤に焼けている。小さな荷馬車も夕餉（げ）に急ぐおかみさんの豆粒姿も、赤一色の中を泳いでいる。スイスのアルプスのふもとの町に自分がすっぽり落ち込んだような感じがした。それ以来、ふるさとの夕陽を「ハイジの夕焼け」と名付けた。僕は、夕方になると毎日のように松林へ上っては、あきず夕陽の山々に見入った。

（「人生歓談　椋鳩十さん」第一回　南日本新聞　一九七五年六月一日）――

日常的に接していた信州の山々の夕景の美しさを、「ハイジ」の物語によって、初めて知ることになったのである。
それは、それまで接していたのとは違う次元における、自然の発見であった。
かつまた、自然の美しさを語る、言葉の美しさに目ざめた瞬間でもあった。

――あの日の感激が、わたしの運命の窓を開く鍵であったと思う。青少年時代に、どのような本に接し、どのような大きな感激を受けるかは、その人間の運命と大きなかかわりあいを持つものである。わたしは、固くそう信じる。（『夕やけ色のさようなら　椋先生が遺した33章』理論社　一九八九年）――

一九二四（大正十三）年、椋は上京し、法政大学に入学。

詩人・佐藤惣之助の「詩之家」の同人となり、さかんに詩を書いた。一九二六年には、第一詩集となる『駿馬』を自費出版している。ただし、この時はまだ椋鳩十のペンネームは使わず、本名から漢字一字を変換した「久保田彦保」の名で出している。

一九二八（昭和三）年には、親友の妹の赤堀みと子と学生結婚。二年後には早くも長男が生まれている。

純なロマンティストは、恋愛においても一直線、ほとばしる情熱に対し、一途だったようだ。

大学時代の椋を写した写真のうち、忘れがたい一枚がある。長髪の長身、ロシアの民族衣装のルパシカを着てしゃれこんだ粋な姿である。

山育ちの椋が、ここでは、モダニズムの洗礼を受け、すっかり都会の文学青年と化している。ドイツの作家ホフマン、アイルランドの戯曲家ダンセニイ（ダンセイニとも）、フランスの作家メリメなどといった各国の作家の文学に親しみ、世界の思想に触れ、シュールレアリスムのような時代の先端を行くスタイルにもなじみ、貪欲に吸収を重ねていった。

それでも、中学以来、ロシアのツルゲーネフが書いた「猟人日記」がお気に入りというあたり、流行の水の上をアメンボウのように泳ぎわたる軽薄才子ではなかった。

また、スペインの山間地で、独立志向をもつバスク地方出身の作家、バローハを愛読したというのも、どこか土臭さをまとう野人めく。

都会にあっても、山育ちから抜けきっていない。ルパシカを着てめかしこんでみても、アルプスの山のもとでつちかった感性が魂の根っこにしみついている。

すべての道はローマに通ずではないが、東京で接した世界の文化のもろもろは、「椋鳩十」へとのぼりいたる、ひとつひとつの階段だったに違いない。

山窩《さんか》の物語でデビュー。作家・椋鳩十の誕生

一九三〇年、大学を卒業した椋は、単身、種子島に向かった。

島の中種子高等小学校に代用教員の働き口を得たのである。鹿児島県立病院で医師として働いていた姉の薦めだった。

『荒野の呼び声』『白い牙』など動物物語を書いたジャック・ロンドンは、アザラシ漁船に乗り、世界を旅してまわった。『南海物語』の著書もある。ロンドンに憧れていた椋にも、南方、南洋に惹かれる気持ちがあった。

だが、実際に働き始めると、夏が近づくにつれ、南の島はいよいよ蒸し暑い。暑くてたまらんと、

新任の先生は裸になって授業をしようともちかけ、率先して自ら褌《ふんどし》一丁になった。生徒たちも従い、男の子も女の子も、上半身裸になった。

そこへ折悪しく、校長と村長が視察に訪れ、裸の教室を見て、腰を抜かさんばかりに驚いた。問答無用で、翌日にはお払い箱となってしまった。

鹿児島まで戻ると、妻が赤ん坊を連れてやってきていた。生活が両肩に重くのしかかってきた。ふたたび姉に頼んで、鹿児島県姶良の加治木女子高等学校に、国語教師として、九月の新学期から奉職することになった。

さすがに今度は、羽目を外すこともなく、勤めに精を出した。

その後、一九四七年に鹿児島県立図書館長に転任するまで、長く勤め続けることになる職場である。

生活がなんとか落ち着いてくると、しばらく眠っていた文学への情熱が鎌首をもたげてくる。

書き出したのは、山の世界の話だった。

ただの山の暮らしや自然の美しさではない。幼い頃に父から聞かされ、自身でもその様子を垣間《かいま》見ることもあった、山の漂流民、山窩《さんか》の物語であった。

種子島での一件を見ても明らかなように、椋にはどこか、自然児的な野性への志向がある。

高校教師として、折り目正しい生活をしていればなおさら、その反動のように、野放図な自由への憧れがふくらんできた。

南の地の海に近い平地の暮らしを続けながら、生まれ育ったアルプスの山々へのノスタルジアがつのったこともあったろう。

しかしそれに加え、作家の目が時代に感じる危機感のようなものが、執筆の動機となったことを見逃してはならない。

一九三一年（昭和六年）には、満州事変が勃発。中国大陸への本格的な軍事介入が始まる。翌一九三二年には傀儡《かいらい》国家の「満州国」が建国。国際的な非難を受け、日本は一九三三年には国際連盟を脱退した。

椋自身の言葉を拾おう。

――昭和七、八年というと、日本の自由主義の最後の開花期で、すでに、しぼんで行く前兆が現れ始めた時であった。

生活をとりまくこの時代の空気は、はっきりつかみ得ないが、よう気のように、どこからともなく立ちのぼって、重苦しく感情の上にのしかかって来るのであった。

時にその目に見えぬ力は、生理的な息苦しささえ感じさせるのであった。

私の山窩小説は、こうした気持をもった、しかも、おく病者の感情的反抗のうたであったのだ。

（「童話とわたし」朝日新聞　一九五三年八月十五日）――

――重々しい空気が、ギリギリと、世界を包みはじめた昭和八年のことでした。何物にも、汚されることなく、大空に、キリリとそびえる、雪の峰が、私の心に、強く呼びかけてきたのです。峰の近くをゆうゆうと流れて行く雲が、呼びかけてきたのです。
少年の日に感激した山を思うと、私の心は生き生きとしてくるのでした。その山を背にした雲の如く、自由な山の民の物語を考えると、私の心もまた、大空のように、明るく、のびやかになって行くのでした。
少年の日に、感激したような、ああいう純粋に人を動かすものが、ろまんが、美しい自由が、この山と山の民との物語にこもっていてくれたらと思いながら、あの当時、私は、山の民の物語を、心おどらせつつ書くのでした。（『夕やけ色のさようなら　椋先生が遺した33章』）
――

こうして、一九三三年に、流浪する山の民を描いた小説を集めた『山窩調《さんかちょう》』が完成し、一〇〇部を印刷し、自費出版にこぎつけた。この時、初めて「椋鳩十」のペンネームを用いた。

『山窩調』
（写真提供　かごしま教育文化振興財団・かごしま近代文学館）

動物物語の作者だからではなく、山窩物語の作者であるがゆえに考えられた筆名であった。

本は全体で一〇〇ページほど、小冊子にも近い体裁であったが、人生をかける思いで、出版社や評論家、作家などに送りつけた。

すると、川端康成、里見弴、吉川英治、大宅壮一といった名だたる作家や評論家たちから、作品を激賞する便りが寄せられた。

吉川英治からは、弟が始めようとしている出版社から出す最初の本として考えさせてほしいとの申し出があり、さらに作家として立つには中央へ進出すべきだと、上京をうながされた。

新聞社や雑誌社からも原稿の依頼が続く。どれも、山窩の物語をもっと書いてほしいとの依頼だった。

椋は、依頼に応じて山窩物語の新作を書き続け、半年後には、『山窩調』にまとめた作品に新たな作も加えて、『鷲の唄』を上梓した。

こうして、新人作家の椋鳩十は華々しいデビューを飾り、その前途は洋々たるものに見えた。

だが、『鷲の唄』の発刊から一週間後、衝撃の報せがもたらされ

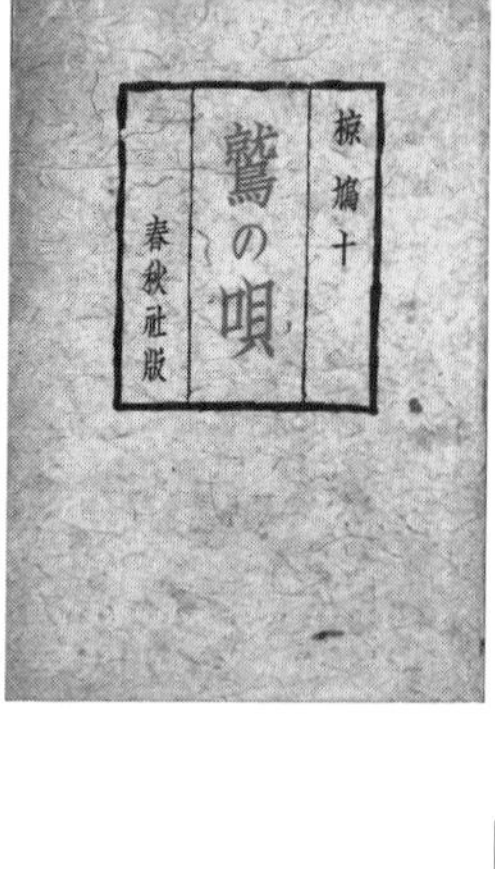

『鷲の唄』
（写真提供　かごしま教育文化振興財団・かごしま近代文学館）

る。

国によって、発禁措置がとられたのである。

翌月、出版社の春秋社は国から指摘を受けた一四四か所を伏字にして再出版を試みたが、「×」で目隠しをされ、ずたずたにされた本など、作者の目からすれば、とても読めたものではなかった。

作家としてつかみかけた成功の夢が、がらがらと崩れていった。

山窩《さんか》は時代にあらがう自由の代名詞

『山窩調』には、七編の短編小説が収められていた。

「朽木」「鷲の唄」「盲目の春」「山の鮫」「黄金の秋」「山のトンビ」「霜の花」――。それらを、虚心に見てみよう。

どれもが、文明から隔絶された山の漂流民・山窩の知られざる生態を、赤裸々に描いている。

野性に生き、野性に死すとでもいうか、私たちの想像を超えた厳しい世界に、彼らはたくましく生きる。

戸籍にも入っていない。自然の掟のままに、山の獣たちに変わらぬ生活を営む。

描かれている女性たちが、また、なんとも強烈な印象を放つ。

国家が称揚する良妻賢母的な理想像など、粉砕してしまうほどの奔放さだ。気性が激しく、性的にも放縦である。

出産すらも、山中のわらを敷きつめた上で行う。産婆も看護師もいない。

私の目には、『山窩調』所載の小説のうち、「山のトンビ」のヒロイン、おこんという娘が、特に印象に残った。

旅から旅の気ままな暮らしを続けるおこんは、男に頼らずに生きる、自立心の強い女性である。秩父の山が見たくなったというそれだけの理由で、仲間たちから離れ、ひとり旅に出る。暮れゆく山道をしばらく行くと、なじみの男が現れる。男はおこんを旅立たせたくない。力ずくでおこんを押し倒し、強引に欲望をとげる。

それでも、おこんは出立の意志を曲げない。事をすませた男を石で殴りつけて気絶させ、毅然として旅立ってゆく。

山道を歩きながら、おこんはお気に入りの歌を口ずさむ。ひょうひょうとした歌声が、谷間に響きわたる。

世の中あ
おれのもんでよ
なんでもかんでも
おれのもんでよ

おらあ、はあ、とんびでよ
ぴろろんぴろろん
おらあ、はあ
かっぱらう

私はこのくだりを読んだ時、咄嗟にメリメの小説をもとにビゼーが作曲したオペラ「カルメン」のアリア、「ハバネラ」を思い出した。

「恋は野の鳥。馴らそうったって、馴れないわ。無駄に終わるわ、呼んだって。嫌なものは嫌なのよ。脅しすかしはききやしない。……恋は根っからボヘミアン。法もなければ掟もない。好かれなくても好いてやる。わたしが惚れたら、ご用心」――。

あらゆる束縛を嫌い、野の鳥のように自由であることを欲したファム・ファタル（宿命の女）の凱歌は、山々を渡り歩く山窩の女とこだまをかわし合っている。

椋自身はのちに、若き日の山窩物語が、スペインの山間部、バスク地方の風俗を描いたピオ・バローハの小説に影響を受けたと語っている。

カルメンはセビリアのタバコ工場で働くロマ（「ジプシー」）の女だが、相手役のドン・ホセはバスク出身の男だった。

メリメは大学時代に愛読した作家のひとりだったと、椋はそうも語っているので、おこんという束縛を嫌う自由の女性像の原型にカルメンが影響していることも、充分に考えられる。

そうなると、山窩物語は、単に山での見聞を写したものではなく、山窩という知られざる存在を借りて、椋の想像力を羽ばたかせて紡いだ物語だということになる。

幼いころになじんだ山の民の記憶を、椋は二十世紀作家として、自由を志向する世界潮流のなかに蘇生させたのだった。

「カルメン」の詩。ひからび、ミイラ化した自由

『山窩調』のヒロイン、おこんとカルメンの近似性を考えているうち、椋が椋鳩十になる前、大学時代に詠《よ》んだ「カルメン」という詩に出会った。

一九二七年、久保田彦保の名で書いた詩である。

カルメン

ホセはビッコ《（ママ）》で色黒で、古い洋服を着て御座る
カルメンは
去年の人絹いりのショールを巻いて登上する

金の落葉は
ほんとの舞台の木の葉の様に美しい
夕焼は
伯爵夫人の乳のかさ程いろづいて
若い殿方を酔せる
カルメンよ
ホセよ
何んとこれは　バックの方が美しいではないか
年をとってしまった
カルメンよ
ホセよ
恋や物語よ
遠い昔の
若い地球の
はなやかであったミイラ達よ！

ここでは、カルメンもホセも、古着をまとう過去の亡霊のような存在である。

「恋は野の鳥」と、胸を張るように自由を謳《うた》いあげていた意気揚々とした気分は、空気の抜けた風船のように、しぼんでしまっている。

「バック」（背景）の自然の風景は以前に変わらぬ美しさであっても、人間たちは感情の発現が霧のかかったように曖昧模糊となって、操り人形よろしく魂が抜けている。

恋の激情はすっかり褪色し、ひからびて、ミイラのように生気を失っている。近代が人間から野性を奪い、骨抜きにしてしまったのだ。

真綿で首をしめるように自由が狭められ、息苦しさが増してくる時代の閉塞感を、椋はミイラ化したカルメンによって表現したのだった。

そして、詩の「カルメン」から六年――、椋の山窩小説は、時代の閉塞感を嘆いたその延長線上に生まれた。

満洲事変以降、軍部の声ばかりが大きくなり、多様性の弾力を失ってゆく窮屈な社会のなかで、人々はしぼんだ風船に閉じこめられたように萎縮していた。

ミイラ化したカルメンしかいなくなってしまった時代に、椋は、なおもしぶとく生き抜くたくましい山の自由の民の姿を借りて、原色の野性の復活を試みた。

酸欠状態のなか、骨抜きにされた現代人に、山窩というカンフル注射によって、ふたたびまばゆい陽射しのもとに四肢をのびのびとひろげさせ、濃縮酸素を深々と呼吸させて、自由奔放の野人として生き返らせる……。

そのような意図のもとに用意された劇薬——それが、椋鳩十の山窩小説だったのである。

山窩物語の運命。発禁措置で筆を折る

椋の書いた山窩《さんか》物語は、多くの識者、評者から絶賛を受けた。

それでありながら、国家から「ノー」をつきつけられた。

何が人々の心をとらえたのだろうか。そして、何が問題となったのだろうか——。

『山窩調』を本にした後、椋のもとに寄せられた既存作家たちからの賞賛の便りのうち、里見弴からの手紙だけが現存している。一部を引こう。


——早速拝読、大へん面白く一気に読了、一体ああいう未知の世界を紹介したものはただ知るというだけでもいいかげんに興味の深いものですが、あなたのお作はそれ以上に描写の真、取材の妙いろいろいいところがあり、お世辞でなく感服いたしました。——


やはり、未知な存在である山窩の世界をとりあげたことに、まずは興味を覚えたのである。

だが、単に知られざる山の民の生態を紹介するというレベルを超え、そのとりあげ方、描き方に、文学を確信する深いものを読み取ったということだろう。

里見の手紙は、引用個所の後、乱作せずにじっくり取り組んでほしいという先輩作家としての忠告、要望へと移るのだが、そうした気遣いも、椋の作品に新しい文学の真実を見出したからにほかなるまい。

実は、『鷲の唄』が出版された際、春秋社が出した新聞広告に、先の里見の文章に併せ、評論家の大宅壮一と法政大学教授の豊島与志雄が椋に送った手紙の一部も掲載されたので、それらの文を知ることができる。

椋の山窩物語のどこが評価されたのかが、よくわかる内容になっている。

まずは大宅壮一。気鋭の評論家、ジャーナリストとして、一九二〇年代から名をなしていた。

――山窩の事を書いたものは之迄《これまで》沢山ありましたが、大抵いい加減な実話めいた物ですが、貴方の書かれたものは、すべて立派な芸術で、どれもこれもよくまとまっていて、素晴らしい「山の文学」だといえるでしょう。その内容や表現の清新なのには、近頃にない驚きを感じました。――

次に豊島与志雄である。実は豊島は椋の法政大学時代の恩師だったのだが、椋はペンネームで書いた本を送るに際し、久保田彦穂の本名を隠したままにした。よって、師弟関係による情実を挟まぬ純粋な客観的評価となっている。

――近頃にない興味をもって拝読いたしました。卑俗低調な道徳的解釈をぬきにして、厳正な眼で物を見る態度を持続されてることが、殊に嬉しく思われました。近頃の好読物として色々考えさせられました。御加餐の上続篇の現われることを希ってやみません。――

これらの高評価にもかかわらず、国は椋の山窩物語を収めた『鷲の唄』に、発禁措置を下した。「素晴らしい『山の文学』」の芽も、「続篇の現れる」可能性も、国によってつまれてしまったのである。

何が嫌われたのだろうか――。

戸籍にも属さない山窩をとりあげたのが、まずかったのか。天皇のもとにまとまるべき日本臣民としての道を踏まえず、自由気ままに漂流する、そのような暮らしぶりが、好ましくないと判断されたのだろうか。

奇しくもこの年、一九三三年には、日本は国際連盟を脱会している。未曾有の大戦争へといたる、一里塚となった年でもあったのである。

実は、椋が山窩の物語を執筆したころ、やはり山窩を素材にした読み物で、広く読者を得た人物が現れた。

三角寛(一九〇三～一九七一)――。この人の山窩小説と比較することで、おのずと答えが見えてくる。というのも、椋の山窩作品が発禁処分を受けた後も、三角の山窩物は安泰で、次々と本が世に出されたからである。

一九三七年に出た『瀬降と山刃：山窩綺譚』など「山窩綺譚」の名を冠した作品群、一九四〇年に出た『純情の山窩』を始めとする「〇〇の山窩」という作品群など、シリーズもののように、手を変え品を変え、山窩小説が続けざまに刊行された。

三角の山窩物はいずれも、ベールに覆われた秘密の世界を覗き見るように、山窩の風俗や生態を興味本位に綴った大衆的な読み物だった。

そこに描かれた山窩は、珍奇ではあっても、自由の価値を訴えてやまないような、椋の付与した思想性や文学的真実は希薄だった。

それゆえ、当局から危険視されなかったのである。

だが、椋の描く山窩物語は、何ものにも束縛されない自由の貴さを謳う、時代に突きつけた刃なのであった。

ただの珍しい風俗を描いた奇譚ではなく、みずからが「反抗のうた」だったと語るように、満州事変後の日本社会に放った劇薬だったのである。

実は、『鷲の唄』が発禁処分を受けた後に、新聞社や出版社の勧めもあって、椋は当局の機嫌を損ねる可能性のない、毒を薄めた山窩物語に手をつけてみた。

最も大きな仕事としては、一九三四年六月から八月にかけて朝日新聞の夕刊に連載した「山の天幕」がある。その後も、「モダン日本」その他の雑誌に、ぽつぽつと山窩の物語を発表した。

椋本人として、山窩物語に未練があったことは疑いようもない。

だが、その試みはうまくゆかなかった。出来ばえに、椋自身が納得できなかった。

――山窩という題材のために大衆雑誌に書く事をすすめられた。私は大衆小説をケイベツするものではない。いつか、そうしたものを書いて見ようとさえ考えている程であるが、当時の私の山窩小説から、感情的反抗の臭いを取り去ったらゼロなんだ。にもかかわらず、六、七編の、いわゆる大衆山窩物語を書いて、そうしたことの無意義と私自身にいや気がさした。それに昭和十二、三年ごろとなると、私などの書くものは、無頼放浪の徒を扱った小説で、国民精神を毒するものだという風潮が強くなって来た。そうかと言って、そのころの国民精神によろしいような作品を書く才能もない。まあこんな風で、私のようなジレッタント的な作家は、あっさりと筆を折った方がよさそうだ、と考えた。（「童話とわたし」）――

結局、つかの間の成功を経て、山窩物語の作者としての椋は、尻すぼみに勢いをなくし、筆を折るに等しい状況に追いこまれた。

貝が蓋を閉じるように、作家・椋鳩十は沈黙した。

第二章

戦時下に綴った生命《いのち》の尊さ。
「少年倶楽部」の動物物語

「少年倶楽部」
1938年10月号表紙

「少年倶楽部」からのラブコール

自分の信じた文学の道が、不本意にもふさがれてしまった。

失意と混迷のなか、椋は自問自答を繰り返すしかなかった。

どうすればふたたび作家として作品を発表できるのか、山窩《さんか》に代わる自分ならではの世界を切り拓くことができるのか、テーマは何か、スタイルはどうすべきか……。

孤独な問いかけが続いた。

鹿児島県加治木町で高校教師をつとめる椋にとって、文壇は遠くなるばかりだった。

一九二八年に結婚した妻みと子との間には次々と子供が生まれ、一九三六年には郷里の信州から、中風をわずらった母を引き取りもしたので、生活に余裕はなかった。

文学は闇の彼方にかすかな灯をともすだけの、はるかな光にすぎないかに見えた。

そんな椋に、救いの手を差しのべる編集者が現れた。雑誌「少年倶楽部」の編集長、須藤憲三である。

須藤は椋の山窩物語を読んでその才能に惚れこみ、『鷲の唄』が出て早々、少年向けの雑誌にも書いてほしいと依頼した。

だが、椋は児童向けに作品を書いた経験が乏しいことから、真剣には考えなかった。

しかも、「少年倶楽部」などの少年雑誌は時勢を受け、とみに軍国色を強めてもいたので、そういう点からの警戒もあった。

須藤の椋への思いは、一過性のものではなかった。椋にふさわしい新たな文学の道があるはずだと信じ、ラブコールを送り続けた。

須藤からの手紙が残存しないので、具体的な便りの詳細に関しては不明だが、椋自身は須藤とのやりとりを、次のようにまとめている。

――ある日、少年倶楽部の編集長の須藤憲三さんから「近ごろ一向に書かないようだが、心機一転して少年物を書かないか」という意味の手紙をもらった。しかしそのころの少年雑誌にもやはり勇ましい兵隊ものが、満載されていた。「ボクには少年たちの士気を鼓舞するような、勇ましい戦争ものは書けないだろうし、そんな才能もない」といってやると、直ぐ返事が来て「君には、そんなことは要求しない。君の以前書いた山窩物をみると野性の動物が出て来るが、動物物語を書いたらどうだ。あれならどんな時代だって、君の世界にとじこもれるだろう」というのである。

なる程と思った。

ペンを折ろうと考えた私にスケベイ根性がむくむくと盛り上がって来た。うつうつとした気持のはけ口が、何かみつかりそうな気がしだした。（「童話とわたし」　朝日新聞　一九五三年八月十五日）――

この証言からは、かなりストレートな運びで、児童向けの動物物語にゆき着いたように見えるが、実際にはいくつもの紆余曲折があったようだ。

まずは、椋の山窩物語に惹かれた須藤が、自分が編集長をつとめる「少年倶楽部」に少年物を書いてもらえないかと頼むところから始まり、椋からは色よい返事がもらえぬものの、須藤があきらめず、数次のやり取りを通して、階段を一段ずつのぼるように話が進み、やがて児童向けの動物物語を書く方向に舵を切っていったと、そういうことなのだろう。

少年物の要請から、動物物語に着地点を見出すまでの細かな経緯は、今となってはよくわからない。

よく語られるエピソードは、何も書かぬうちから、須藤が前渡し金のようなお金を送金してきて、ちょうど、家族が次々と病気になるなどして、借金が生じたころだったので、大いに助かり、それが引き金となって椋が重い腰を上げ、「少年倶楽部」に書くにいたったというものである。

送られてきた時期は一九三六年の年末、金額は一〇〇円、給料の四カ月分である。「怠け賃」と書いた紙が封書に入っていたという。実際には、取材費の前渡しであったのだろう。

執筆の約束もないまま前渡し金を送りつけてきた須藤の大胆さには驚くばかりだが、この編集者の熱心さと温情が、椋の胸を打ったことは間違いない。

「怠け賃」の意図が、生活上の気苦労を晴らした上で、文学に戻ってきてほしいというラブコールであることは、椋自身が最もよくわかっていたはずである。


——須藤憲三氏の心が、腹の底まで、しみわたる気がした。

この時、私は、どうであろうと、書かねばならないと思った、須藤憲三氏のあたたかい心にこたえなければならないと思った。（「私の転機」朝日新聞　一九八一年六月二十九日）——


こうして、椋は動物物語に着手する。

後世から見れば、最もふさわしい土俵である少年物、動物物に向け、いよいよ始動することになった。

新たな決意とともに、一九三七年が動き出す。

一作家が個人としての変身に挑むなか、時代も大きくうねりつつあった。

この年の夏、盧溝橋《ろこうきょう》事件をきっかけに日本は中国との全面戦争に突入する。

国が戦争を遂行し、やがて泥沼化してゆくなかに、椋鳩十の動物物語は産声《うぶごえ》をあげることになるのである。

動物の生態を徹底観察

逡巡のはてに、少年物の動物物語を書くことを決したものの、それまで未経験だったジャンルでの実りが、一朝にしてなるものではなかった。

田畑の作物が、種をまき、苗を育て、水やりや除草にも気を配り、やがて穂を実らせ刈り取りにいたるまで、長い手間がかかるのと同じように、動物物語が誕生するまでには、ひとかたならぬ努力が続けられたのである。

シートンやジャック・ロンドン、バイコフなど、動物文学の大家たちの作品を読み返すことはもちろん、飼育可能な動物はわが家でも飼ってその生態を学び、山や森に入っても動物を観察、猟師からは体験談を取材した。

――私は承諾して動物の世界を書いてみる約束をしたが、さて筆をとってみると、どうしてなかなか難しい。そして又その知識のない事に、自分ながらあきれかえった。そこで私は才能のない者の選ぶ道――すなわち実態に直接ぶつかって、自分の欲しいものが出て来るまで無茶苦茶に引っかき回してみることにした。犬、ネコ、アリ、トカゲ、小鳥、片っぱしから集めて来て飼育して観察日記を書き始めた。（「童話とわたし」）――

「才能のない者の選ぶ道」などと述べたのは、椋一流のユーモアを含んだ表現だが、要は動物があたかも人間のように行動し演じるファンタジー作品ではなく、リアリズムに徹した動物文学を目指したことを言っている。

動物物語の出発点のところで、動物の生態をとらえるきちんとした取材と観察を要諦としたことが、この先、椋文学の大変な強みになる。

そうした徹底したリアリズムを基礎とする姿勢は、山窩の物語を書いた時から変わらぬ椋の個性でもあった。

椋にとって、動物の生態を科学的に知ることは、その世界に手を染めるための必然であり、物語を紡ぐ上での土台となるものだったのである。

また、家でさまざまな動物を飼育してみてわかったのは、人間に飼われることで、動物が本来の野性を失っていくということだった。

それゆえ、山を訪ね、野に生きる動物たちの実態を取材することが、どうしても必要となった。

少年のころ、父に連れられて、南アルプスの絶境、遠山郷を何度か訪ね、狩りのおともをしたことを思い出した椋は、久々に遠山郷まで足をのばすことにした。

知り合いの宿の主人から、熊やイノシシなど野生動物を相手にする猟師たちを紹介され、彼らから、猟の様子や動物の生態について、いろいろな話を聞きこんだ。

実際の山の生き物に通じた彼らの話は、活き活きとして、興味が尽きなかった。

猟師から動物たちの話を取材するという、椋独自のスタイルは、この時に始まったという。

加治木での教師生活のかたわら、週末の休みを利用しては、大隅や霧島、宮崎、屋久島など、近隣の山々に猟師を訪ね、話を聞き、ともに山を歩いた。

それは、第一義的には須藤と約束した執筆のための調査であったが、やがて、椋は取材を超えた楽しみを覚えるようになる。

俗界を離れて山深くに分け入って、猟師の仕事を見、その話を聞いていると、戦争や忌まわしい世相を忘れて、桃源郷に息をするように感じたのである。

昨今の時流に傷つき、憂いをためた椋自身が、蘇生させられるのだった。

動物の観察は、その生態を学ぶだけでなく、文学的、哲学的な教えをも導いた。

自然界が抱える生命《いのち》の本質に、じかに触れる実感を得た。動物を通して、生とは何かを深く考える契機となったのである。

椋の動物物語が、次第に熟し始めた。

――戦争がますます烈しさを加えていき、戦死者が、毎日毎日、白い布につつまれて帰ってくる時代であったので、私は、動物の習性にことよせて、戦地、すなわち死に向かって、召されていく若者の背後に何があるのか。ということを、動物の母子の深い愛情で暗示しようと思った。また、死を賛美する時代であったので、動物どもが、あらゆる場面で、生きのびる美しさを暗示的に描こうと考えた。こんな風にして、初めて書いたのが、昭和十三年、少年倶楽部に発表した「山の太郎熊」であった。(「処女作のころ」「びわの実学校」八十八号　一九七八年)――

一九三八(昭和十三)年の秋、「少年倶楽部」十月号に、初めて椋鳩十の名が載った。

児童向けの動物物語「山の太郎熊」の作者として、「少年倶楽部」へのデビューを飾ったのである。

山窩物語の『鷲の唄』が発禁処分となってから、五年がたっていた。

「山の太郎熊」、新たに開かれた愛の世界

椋鳩十が「少年倶楽部」に初めて発表した「山の太郎熊」は、原稿用紙にして三十枚ほどの作品である。

しかし、この作品だけで、執筆には相当の時間を要した。

「あれだけ書くのに半年かかりましたよ。もう死に物狂いでしたよ」と、一九八四年のインタビューで、椋は述べている(「文芸広場」一月号)

練りに練られて構成された初の児童向け動物物語は、椋の生まれ育った信州のアルプス山中を舞

台に展開する。

主人公の「私」は十三歳の少年。町に暮らすが、五カ月ほど前から体調を崩し、健康回復のため、山で炭焼きをしている鎌吉じいさんとおかね婆さんに預けられる。幼いころ、この夫妻のもとに里子に出されたことがあったので、「私」にとっては知らぬ人たちではなかった。

山の家には、ひとつ年上の乳兄弟・勘太と、メス熊の太郎がいる。太郎は、子熊のころから飼われているので、家族同然に暮らしているのだ。

勘太に導かれ、「私」は熊の太郎と一緒に、いろいろな体験をする。

鎌吉さん夫妻が炭をおろしに里へ出かけ家をあけた際には、山深く、雲がはるか下に見える高所までのぼって野宿をするという冒険に出た。

美しい夕焼けが、すべてを赤く染めた。大きな星々の輝く山の夜、ぞくぞくする寒さを、太郎の腹にもぐりこんでしのいだ。

だが翌朝、別の熊が現れ、その熊の呼びかけに応じて、太郎は去る。

しばらく帰らなかった太郎は、翌年の春、三匹の子熊をつれて戻ってきた。子づくりと出産のため、家をあけていたのである。

太郎が帰ったのを喜ぶ勘太と「私」だったが、子熊たちの世話をする太郎を、以前のように自分たちで独占できないのを不満に思い、子熊のエサの豆乳に唐辛子をまぶし、意地悪をする。

子熊たちは、エサを口にするや苦しみだし、生死の境をさまよう。自分らのいたずらのために大事が生じ、勘太と「私」は慌てる。

子熊の苦しむ様子に、母の太郎は目に涙を浮かべて悲しむ。その姿に、熊にも人間と同じような感情があることを知った勘太と「私」は、悪行を悔い、子熊の回復を懸命に祈る。

祈りが通じたのか、やがて子熊は元気を取り戻す。

だがある日、大鷲が現れ、子熊の一匹をさらってゆく。

谷の中腹から、「キャーン」という悲鳴が聞こえた。大鷲の鋭いくちばしで、子熊が頭をたたき割られた瞬間かと思われた。

その声を聞くと、太郎は苦しげにうなった。

勘太と「私」は、子熊の敵討《かたきう》ちをと、大鷲に歯向かおうとするが、とても太刀打ちできない。勘太は、大鷲に蹴られて、顔に傷を負う始末。

鎌吉爺さんが鉄砲を撃って加勢するが、三人して大きな岩の下に逃げこむのが精一杯。

やがて、熊の太郎と大鷲の決闘が始まる。初めは岩の上で、その後は谷に降りて……。

猛獣と猛禽の闘う音が、夕闇の谷に響く。が、やがて音はやんだ。

提灯の明かりを頼りに、三人は谷を降りて行く。

すると、巣の脇で大鷲が絶命し、太郎が深い傷を負いながらも、死んだ子熊を左腕でしっかりと抱いていた。

動けない太郎のため、鎌吉爺さんが十日間も崖の中腹に寝泊まりして、傷の手当てにあたる。その甲斐あって、やがて太郎はもとどおりの元気な体になった。

物語の最後を、椋は次のように結んでいる。

――「太郎は、アルプス一の、えらぶつの熊じゃ。」

鎌吉爺さんも、おかね婆さんも、勘太も、夜になると、囲炉裏《いろり》をかこんでは、家内中で太郎の自慢をするのであった。――

盛りだくさんの構成のなかで、いくつか気になる点がある。

すべてをまっ赤に染めあげた山の夕焼けのシーンは、椋自身が少年のころに眺めたアルプスの夕陽と、その美しさに目ざめさせてくれた『ハイジ』の読書体験から引き出されていることは間違いなかろう。

初の児童向けの作品を紡ぎだすのに、椋は自身の幼い日の感動の記憶に立ち返っている。

舞台をアルプス山中に設定したのも、再出発をするにあたっての原点回帰でもあったのだ。

やはりアルプス山中から生まれた、山窩《さんか》の物語からつながっている部分もある。

大鷲が子熊を襲い、母熊の太郎が鷲と闘うシーンは、「鷲の唄」で大鷲に夫と子を殺された山窩の女が、復讐を挑む場面を彷彿とさせる。

山窩物語では、女は大鷲に頭を割られて絶命するが、熊の太郎はからくも勝利をおさめた。熊と大鷲の決闘は物語のクライマックスとして、手に汗を握るような興味を引くが、同時に、自然の摂理、非情を伝える山窩物語を踏襲する世界でもあったのだ。

ただ、「鷲の唄」と「山の太郎熊」では、決定的な差があることも事実だ。山窩の物語には、原初的、野性的な闘争、情欲の世界は描かれていても、互いを尊ぶ愛の精神は薄かった。

児童向けの動物物語に新たな場を得て、椋が作家として再登場した時、作品には心やさしき愛の光が満ちていた。

「山の太郎熊」での愛の中心軸は、まずは母熊の太郎によって示される。悪いものを食べて苦しむ子熊たちを見て心配し、涙を浮かべて悲しむ。

そして、その様子を見て、勘太と「私」は自分らの浅はかないたずらを後悔し、子熊の回復を祈る。

母熊の愛が、人間の子供たちへと移り、その心に植えられてゆくのである。

大鷲が子熊をさらうと、太郎熊は恐れることなく、大鷲に闘いを挑む。母の一途な愛ゆえに、太郎は谷を降り、大鷲と決闘する。

勘太と「私」、そして鎌吉爺さんまでが、太郎を応援する。熊の太郎に、人間たちが一途な愛情を寄せるのだ。

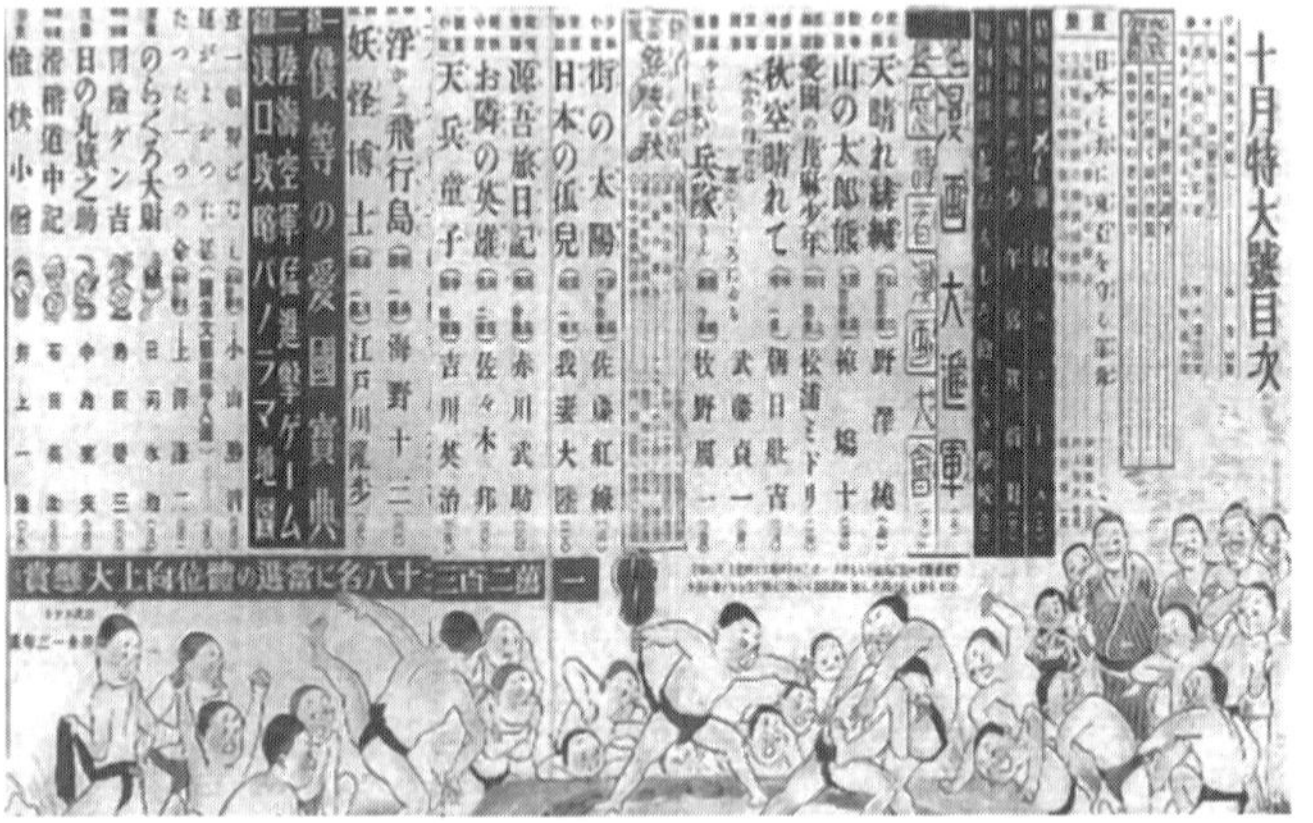

十月特大號目次
漫畫大進軍
天晴れ緋鯉
山の太郎熊　椋鳩十
秋空晴れて　朝日壮吉
兵隊　牧野周一
街の太陽　佐藤紅緑
日本の孤兒　我妻大陸
源吾旅日記　赤川武助
お隣の英雄　佐々木邦
天兵童子　吉川英治
浮かぶ飛行島　海野十三
妖怪博士　江戸川亂歩
僕等の愛國寶典
陸海空軍進撃ゲーム
漢口攻略パノラマ地圖
のらくろ大尉
冒險ダン吉
日の丸旗之助
滑稽道中記
愉快小僧
一等二百三十八名に當選の體位向上大懸賞

「山の太郎熊」が載る「少年倶楽部」1938年10月号の目次

瀕死の重傷を負いつつ、太郎熊は大鷲に勝つ。腕には、死んだ子熊がしっかりと抱かれていた。はらわたが飛び出るほどの深い傷を負った太郎が回復するのは、動けぬ太郎を崖の中腹で十日間も介抱し続けた、人間の愛のお陰である。

物語が進むにつれ、愛がいくつもこだまを交わし、読む者の胸を清くあたたかい気持ちで満たしてゆく。

さて、このように説明してゆくと、この物語が熊の母子間、そして人間と熊の間の、愛情の物語であることには納得がいっても、戦争と何の関わりがあるのかと、いぶかしく思う人もいるかもしれない。

確かに、この物語自体は直接に戦争の影を抱えていない。

だが、この作品が発表された「少年倶楽部」(一九三八年十月号)を見てみると、周囲が戦時色で埋められていることに愕然とする。

表紙からして、日章旗をバックに銃剣を肩に抱え、微笑む皇軍兵士のアップである。

表紙の右下には、付録の案内の文字が踊る。第一付録が「僕等の愛国宝典」、第二付録が「陸海空軍猛進撃ゲーム」である。

目次を開けば、「日本と共に東亜を守る軍隊」、「愛国の蓖麻《ひま》少年」、「やさしい日本の兵隊さん」、「詩画集　銃後の秋」などといった、愛国調、軍国調のタイトルが目白押しである。

そのようななかにあって、「山の太郎熊」はかなり異色だ。

時代の要請を受け、否応なく軍国主義に染まってしまった少年雑誌に、愛の物語を載せること自体が、抵抗の意味合いを帯びてくる。

勘太や「私」のように、人と獣の境を超え、愛とやさしい心をもって生命《いのち》をいつくしむことの大切さを、椋は時代になびくことなく、訴えているのだ。

「撃ってはいけない」と叫んだ「金色の足跡」

「少年倶楽部」での椋鳩十の第二作品は、「金色の足跡」（一九三九年一月号）である。「山の太郎熊」を発表してから、三カ月後になる。短い期間に、立て続けに執筆されたと考えてよいだろう。

「金色の足跡」も舞台を信州に置く。描かれた動物はキツネである。

主人公の少年・正太郎の家では、手伝いの男が山でつかまえてきたキツネの子を飼っている。子ギツネを救おうと、夜になると、キツネの両親が現れる。だが、鎖で巣箱につながれているので、子ギツネは脱出できない。

それを見たキツネの両親は、正太郎の家の床下に住みついて、鎖につないだ巣箱の丸太を、少しずつかじって、噛みきろうとする。

親ギツネたちがいることは正太郎だけの秘密で、腹をすかした彼らに正太郎はそっと餌を運ぶ。

ところがある日、親ギツネの存在が両親たちに知られてしまい、正太郎の父は銃で狙いをつけた。

「いけない、お父さん、うっては、いけない」と、正太郎は銃身にしがみつく。

その隙に親ギツネたちは逃げていった。

翌日、正太郎が学校から帰ってみると、子ギツネは知り合いの牧場に引き取られて、いなくなっていた。

正太郎は、子ギツネを親ギツネたちのもとに戻さねばと、牧場へと駆け出して行く。

途中で日が暮れ、正太郎は崖っぷちの雪を踏み外して、谷に落下し、気絶してしまう。

目が覚めると、親ギツネたちが正太郎に寄り添い、頬や唇をなめたり、体をあたためたりしてくれていた。

夜が明け、正太郎は家に戻ると、両親に先日以来のキツネ親子の事情をうちあける。

両親も納得し、正太郎は改めて牧場に行って子ギツネを返してもらい、父とふたりで谷へ向かい、そこで子ギツネを放す。

親ギツネたちが現れ、子ギツネと一緒に、林の方へと駆けて行く。

朝日を浴びて輝く黄金の足あとが、深い林の奥へと続いていった……。

この物語でも、親ギツネから子ギツネに寄せられる愛情、そして正太郎少年からキツネに寄せられる愛情と、心やさしい愛がいくえにもこだまする。

かつ、前作の「山の太郎熊」に比べ、時局に向けたメッセージはより強く、ストレートに描かれている。

正太郎が、親ギツネに銃の狙いをつけた父に向けて言い放った、「撃ってはいけない」の叫びは、鋭く人の胸を刺す。感動を覚えぬ読者はいないだろう。

敵を殲滅《せんめつ》する勇ましさが称揚される、戦時色の濃い「少年倶楽部」にあって、椋は動物物語を借りながら、ギリギリいっぱい、時代への抵抗を試みているように見える。

なお、この「金色の足跡」は、戦後、一九六一年にはアメリカで、また一九六五年にはデンマークで翻訳出版され、高い評価を受けることになる。

世界に通ずるヒューマニズムをたたえた児童文学、動物文学の傑作が、戦争への危機感をつのらせるなかで書かれたことは、いくら強調してもしたらない。

二年を超すブランクの意味

「少年倶楽部」に発表した初の児童向け動物物語の二編は、いずれも椋鳩十の作家としての力量を示す出来ばえとなった。

本人も手ごたえを感じたことは間違いなく、作品の評判も上々だった。

それにもかかわらず、この後、椋はしばらくの間、動物物語の筆を進めていない。

椋鳩十の伝記や評伝の類では、編集者の須藤憲三との出会いによって「少年倶楽部」に新たな創作の場が定まるや、次々と作品を発表していったように語られるのが普通である。

しかし実際には、初めの二作品を世に送り出した後、次に「少年倶楽部」に作品を発表するまで、二年二カ月に及ぶ空白期間が存在するのである。

二年を超すこのブランクは、何を意味するのだろうか——?

この間の事情を、詳細かつ明確に語る椋自身の言葉は見当たらない。

したがって、私がここで述べることも、推測の域を出ないことではあるが、大きくふたつの理由があったように思う。

ひとつは、児童向けの動物物語が本当に自分の創作のメイン・ストリームとなるべきジャンルなのか、いまだに迷いが残っていたということかと思われる。

「山の太郎熊」と「金色の足跡」というふたつの物語によって、須藤から送られてきた「怠け賃」に応えるだけの作品は、ひとまず仕上げたとの意識があったのだろう。

恩義にはきちんと報いた。その上で、ふたたび作家として創作上の自問自答が続いていたのである。

いまひとつは、「少年倶楽部」というメディアに対する疑義、警戒心である。

日本社会の動静に呼応して、少年文学の牙城である同誌も、否応なく愛国主義、軍国主義に染まってゆく。その色合いは、加速度的に濃くなるばかりだった。

自身の作品が載る雑誌が届けられれば、作家の本能として、まずは歓びが胸に湧く。だが同時に、進軍ラッパを鳴らすように、時代の影が大手を振って誌面を覆うさまを目の当たりにして、居心地の悪さを払拭できなかったかに思われる。

少年の読み物も、国からの圧力や縛りから、無縁でなどいられない。その苛酷な現実を、突きつけられたかたちだった。

束縛を嫌う山の民の自由を活写した世界が、椋の文学的出発点であったことを思えば、軍国調の踊るメディアに書き続けることは、作家の屋台骨を揺るがす背信行為となる危険性さえ孕《はら》んでいたのである。

それらの理由から、椋はしばらく様子見を決めこんだのかと思われる。

この慎重な姿勢は、椋の作家的良心の現れに他ならない。

並の物書きであれば、ともかくも自分の活躍の場を見出し得て、有頂天になってしまうところだ。戦争の時代に作家であることの難しさを、児童文学、動物物語の入り口で、椋は身に沁みて感じさせられた。

逡巡と、執筆への意欲と躊躇のせめぎ合いが、椋の動物文学を、結果的には、なおも磨くことになるのである。

生きることの尊さを動物物語に

たび重なる迷いのはてに、椋が児童向けの「少年倶楽部」に載せる動物物語を、自身の「本業」とする覚悟を決めるのは、一九四一年のことである。

泥沼化した中国大陸での戦争が終わらぬまま、その年の十二月には、アメリカとの戦争の火ぶたが切って落とされることになる。

まさに左を見ても右を見ても、世の中が戦争一色に塗りつぶされようとする時代の緊張のさなかに、椋は、生涯の代表作となる動物物語の傑作を次々に生み出してゆく。

椋の胸中にあっては、もはや待ったなし、であったに違いない。

戦争への機運がいや増しに高まり、死ぬこと殺すことが称揚される時代に、躊躇はしていられなかった。

——日本中が硝煙の臭いで興奮の絶頂におし上げられて行く、昭和十六年になって、私の決心がついた。私は私なりに生命の貴さをほのめかして、私の扱う動物の主人公は決して殺さない物語、愛情ひとすじにつながる動物物語、そしてまた物の見方が片寄らぬ、立体的な解釈をして早急な結論を下さぬ私の目でながめた習性を織りまぜた動物物語、そんな物を書いてみようと思った。殺リャクということが当然であり、名誉であると考えられた時、意気地のない、おく病者の私に取《ママ》って、これでもあれが、私の、精一杯のさけび声であった。（「童話とわたし」）――

こうして、二年二カ月ぶりに、「少年倶楽部」に椋鳩十の新作が掲載される。一九四一年三月号に発表した「片脚の母雀」である。

そして以後、椋は立て続けに、軍靴に踏みにじられた少年の世界に、ひとり清流から気を吐くように、「少年倶楽部」に作品を発表してゆく。

一九四一年の再開以降、「少年倶楽部」に発表された作品を、以下にあげよう。

「片脚の母雀」（一九四一年三月号）
「嵐を越えて」（同年五月号）
「黒ものがたり」（同年七月号）
「屋根裏の猫」（同年九月号）
「大造爺さんと雁」（同年十一月号）
「雉と山鳩」（同年十二月号）
「月の輪熊」（一九四二年一月号）
「山へ帰る」（同年四月号）
「金色の川」（同年五月号）

「カイツブリ万歳」（同年七月号）
「二人の兄弟と五位鷺」（同年十一月号）
「栗野岳の主」（一九四三年二月号）
「三郎と白い鷺鳥」（同年十一月号）

一九三八年の十月号と三九年の一月号に発表した最初の二作品（「山の太郎熊」「金色の足跡」）を加えると、全部で十五作の動物物語が「少年倶楽部」から産声《うぶごえ》をあげたことになる。

初めの二作品はいずれも椋の故郷である信州の山を舞台としていたが、一九四一年から描かれた作品には、鹿児島県や宮崎県など、南九州を舞台にしたものも混ざってくる。

生まれ育った信州で得た知識に、移り住んだ鹿児島での学びが、接《つ》ぎ木された結果であった。

「少年倶楽部」という雑誌の性格上、これらの作品はすべて短編小説になるが、いずれも丹念に取材、構成された力作ぞろいである。

戦後に書かれた作品を含め、「椋鳩十作品集」「椋鳩十傑作集」といった本が編まれると、戦時中に書かれたこれら十五作品のうち、かなりの数の作品が、代表作として収録されることになる。

椋鳩十という児童文学、動物物語の作家が、戦争という時代の悲劇のなかから生まれたという逆説的事実に、私たちはもっと目を向けなければなるまい。

時代の緊張に揉まれながら、椋はおのれの文学を磨きあげた。

時代の渦中から、時代を超えるヒューマニズムの物語を紡ぎだした。
漆黒の闇の淵から、無垢な魂に向け、輝ける光が発せられたのである。

――この当時は、殺すこと、死ぬことが、正義であるという考え方が、大手をふって、まかり通っている時代でした。

こういう時代に、私は、動物物語を書いているのでした。私は、気の小さい臆病な人間でしたが、せめて、自分の心をいつわる、卑怯者にだけはなりたくないと、ひそかに思うのでした。

人間でない、野性の動物をかりて、生きることが、どんなに尊いことか、愛し合うということが、どんなに美しいことかということを、若い人びとに、語りかけたいと思いました（「自作で語る子ども像」――生命を守る勇気・読書の友　一九七〇年六月二十二日）――

生きることの尊さ、そして、愛し合うことの美しさ……。

時局への抵抗、反抗を、椋はこぶしを振りあげるのではなく、その真逆のかたちで、提示してみせたのであった。

時に叫ぶように、そしてまた、祈るように……。

一九四三年十一月号以降、掲載作品が途絶えるのは、椋の創作意欲が衰えたからではなく、いよいよ軍国主義に席巻されて、「少年倶楽部」ではもはや椋鳩十の動物物語の身の置きどころがなくなってしまったためである。

だが一方で、天のいたずらのような、不思議な果実も生まれた。

一九四三年の五月に椋の動物物語を集めた初の単行本、『動物ども』が刊行されたのである（三光社）。

一九四一年以降、一九四三年の春までに「少年倶楽部」に発表した作品のうちの十一編に、「まことの強さ」、「猫ものがたり」など、新たに四編を加えて、一冊にした。

すると、この本が文部省推薦図書に指定された。

選者のなかに、大学時代の恩師、豊島与志雄がいたことが影響したと言われる。

「動物ども」

豊島は、山窩《さんか》物語集の『鷲の唄』が出た時にも、賛辞を寄せてくれたが、動物物語集に対しても、その美質を見逃さなかったのである。

時代がいよいよ奈落へと落ちゆく直前の、打ち上げ花火のような出来事であったが、改めて『動物ども』の本を開くと、巻頭から驚かされる。

十五編の物語の前に置かれた「序」が、次のような一文をもって始まるからだ。

——アメリカ人の心ない、むやみやたらの捕獲によって、今日ではまったく滅ぼされてしまった鳥に「渡り鳩」という鳩がいましたが、これはカナダから北米にかけて棲息し、大群をなして移動する習性をもっていました。——

本の内容が動物の話なので、それにからめた書き出しであるのはわかるが、とってつけたようなアメリカ批判から読まねばならないのは、現在の視点からすると、違和感を禁じ得ない。

乱獲による「渡り鳩」の絶滅を嘆くのはよしとして、平時であれば、「アメリカ人の心ない」というような書き出しにはならなかったであろう。

アメリカとの戦争に国中が躍起になっている渦中に、戦争とは無縁の、ひそかにその批判をすら有していた動物物語集を世に出すにあたって、妙な筋からお咎めがこないよう、予防線を張ったと考えるのが妥当であろう。

この「序」の冒頭を見ると、改めて、椋鳩十という作家が抱えていた時代、時局との緊張関係が胸に迫る。

「序」の結びは、さすがに純な椋のメッセージになっている。

――私はこの六年間に、みたり聞いたりした、彼等（*註　動物たち）の勇気の、知恵の、愛情の行為を物語化して、そのとざされた世界を、少しばかりこちらの世界に引き出すことに、つとめてみました。

この物語を読まれる皆さんは、「彼等にもこんな世界があるのかなあ。」と思われるだけでなく、皆さん自身の目で、彼等の生活の秘密を発見されんことを望んでやみません。――

言葉を慎重に選びながら、世をあげての好戦的高揚感に染まらず、自身の目で物事を見、判断することの大事さを伝えている。

動物の物語を通じて、真の「勇気」「知恵」「愛情」を見つめてほしいと、椋は訴えているのだ。

序文の書き出しこそ、時局を鑑み、国策におもねるような態度を見せた椋だったが、ともかくも、表現者にとって制限の多い不自由な時代に、初の動物物語の作品集となる単行本、『動物ども』の発刊にこぎつけたのだった。

幸いなことに、序文の書き出しを除けば、物語の本編においては、時局迎合的な態度は見受けられない。

戦時中に書かれた椋の動物物語のどこにも、国粋主義や軍国主義によって歪められた跡がない。作家として発言することの困難だった時代に、椋のこの節を曲げぬ頑固さは、潔くも、爽やかに感じられる。

椋鳩十という作家が、ソフトな外貌と語り口の奥に抱えた、骨太なしたたかさであったろう。

第三章

開戦前夜に誕生した
名作「大造爺さんと雁」

三日月池の椋鳩十文学碑「感動は人生の窓をひらく」（鹿児島県湧水町）

太平洋戦争勃発の一カ月前、生命《いのち》と愛の尊さを謳った

椋鳩十が書いた動物物語のうち、今に至るまで最も人々に知られ、親しまれた作品は、「大造爺さんと雁」であろう。

戦後も、いろいろな本に繰り返し収録され、また小学校五年生の国語の教科書では、今も現役の教材である。

様々なメディアで版を重ねる過程で、オリジナルの作品名「大造爺さんと雁」が、「大造じいさんとガン」という表記に変更された。

現代の読者に最もなじんだタイトルはこの表記に違いないが、本章では執筆と発表時の椋の意識を尊重し、あえて「少年倶楽部」に発表された際のオリジナル表記、「大造爺さんと雁」で通させていただく。

さて、その最高の人気作品が世に出たのは、「少年倶楽部」の一九四一年十一月号だった。

アメリカとの関係が悪化の一途をたどるまま、世の中全体が雪崩を打って戦争へと向かい、その

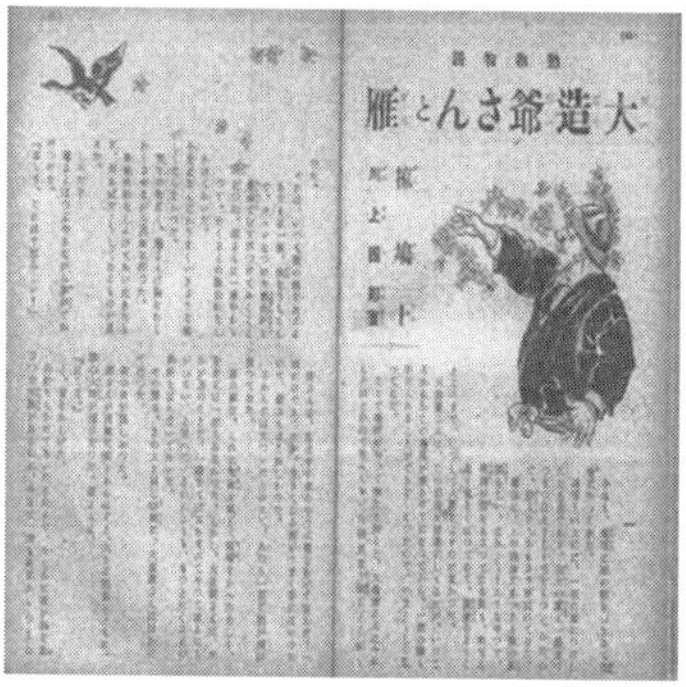
大造爺さんと雁

椋鳩十

「少年倶楽部」1941 年 11 月号に載った「大造爺さんと雁」

まま十二月八日には対米戦の火ぶたが切って落とされるにいたる、まさに「開戦前夜」の緊迫感のただ中だったのである。

椋が一九四一年になって、それまでの迷いを脱したように、意を決して、「少年倶楽部」に動物物語を次々と発表していったことは前章でも述べた。

その意味では、この時期のすべての椋作品は、戦争に向かう時の趨勢《すうせい》のなかで執筆されたものではあった。

だが、それにしても、時の孕《はら》んだ危うさのピークに産み落とされた物語が、今もなお最も親しまれている椋作品であるという事実は、もっと注目されてよい。

時局との間に椋が抱えた緊張の糸が極度に張りつめて、今や眼下に奈落がぱっくりと口を開けている崖っぷちにかろうじて立ち、踏ん張って書いた作品が、「大造爺さんと雁」だったのである。

――「大造じいさんとがん《(ママ)》」「カヤこうのゆう気」「屋根うらのねこ」「栗野岳のぬし」は、戦争中に書いたものです。

その頃私は、いつ召集されるかわからぬ、という境遇にいました。そして長男が、やがて中学校を卒業するという年頃でした。

新聞やラジオによって報じられることも、私の周囲に起っていることがらも、すべて、私や私の長男と同じ年頃の若い人々の運命を、直接支配するような、血なまぐさいことばかりでした。(中略)

そうした悲しみと暗さの中にとじこめられていた時、たまたま、私の隣人である年老いた狩人が、野のけものたちの習性について、いろいろの話をしてくれました。その中の動物の友情や愛情についての報告は、朝の太陽のように私の心に明かるくしみるのでした。

私は、人間たちをつつむこの荒涼とした空気の中に、私自身のために、私の長男のために、長男と同じ若い人たちのために、野に住む動物たちの、友情や愛情の世界を、つかみ出してこようとしたのでした。（「山の大将」講談社版あとがき　一九五六年）——。

大造爺さんと雁の残雪の物語

物語の大意は、以下のようになる。

毎年、秋から冬になると、雁の群れが沼地に渡ってくる。群れを率いる雁の頭領は、左右の羽にまっ白な筋があり、狩人たちから「残雪」と呼ばれている。猟師の大造爺さんは雁を狙うが、残雪の賢さのため、獲物を得ることができない。大造爺さんは知恵を絞って、タニシをつけたウナギ釣りのしかけを、雁の餌場にたくさん結びつけておいた。

翌朝、一羽の雁を生け捕りにできたが、他の雁はその場にいなかった。

ふたたびタニシを餌にしかけをたくさん用意したが、しかけのからくりを見破った残雪が仲間たちに教えたと見え、すべて餌だけが食べられて、雁は一羽もつかまらなかった。

その翌年、大造爺さんは新たな戦略に出、沼地の一か所にタニシをたくさんばらまいて雁たちを引きつけると、その近くに小屋をつくって、そこから猟銃で雁を狙おうとする。

しかし、この戦略も残雪に見抜かれて、小屋ができて以降、雁たちは弾の届く距離には近づこうとしなかった。

残雪は大造爺さんが新たなしかけを試みるたびに、その罠を見ぬき、巧みに仲間たちの安全を守る。

そして――、今年も雁の飛来の時期がやってきた。

大造爺さんは、二年前に生け捕りにして以降、飼い慣らしてきた一羽の雁をおとりに使って、他の雁をおびき出す戦略を考えた。

雁の群れが、一羽が飛び立つといっせいに飛び立つことを知って、思いついた作戦だった。

残雪に率いられた雁の群れが到着すると、大造爺さんはおとりの雁を近くに放ち、自分は小屋にこもって銃を構えた。

用意が整い、後はおとりの雁に合図を送るばかりになった。

と、その時、思わぬ強敵が現れる。隼《はやぶさ》が、雁の群れを襲ったのだ。

一羽の雁が逃げ遅れ、隼の餌食になりかける。大造爺さんが飼ってきた雁だった。

その時、残雪が猛然と隼に飛びかかる。

残雪は、隼に襲われた仲間の雁を救おうと、自身の危険をかえりみず、果敢に隼に立ち向かう。残雪の出現に、大造爺さんはいったん銃を構えるが、ふたたび銃をおろす。残雪の勇敢さと、仲間を思う必死な気持ちに、感心したのである。

残雪と隼は、もつれあったまま、沼に落下した。

大造爺さんが駆け寄ると、隼は人の姿を恐れてその場を去るが、体の大きな隼との闘いで胸を血で赤く染めた残雪は、もはや動くこともできない。ぐったりとした体の最後の力をふり絞るように、大造爺さんをまっすぐに見た。

その威厳ある姿に、大造爺さんは強く心をうたれた。「ただの鳥にたいしているような気」がしなかった。

残雪をしとめることをやめた大造爺さんは、家に連れ帰って、檻のなかで飼う。

そして次の年の春の朝、すっかり傷の癒えた残雪を、檻から放す。

残雪は、北を目指して、一目散に空を飛んで行った。

残雪の姿を見送りながら、大造爺さんは声をかける。

——「おーい。雁の英雄よ。お前みたいなエラブツを、おれは、卑怯なやり方でやっつけたかあないぞ。なあおい。今年の冬も、仲間をつれて沼地にやって来いよ。そうしておれたちはまたどうどうと闘おうじゃあないか。」

大造爺さんは、花の下に立って、こう大きな声で雁に呼びかけた。そうして残雪が、北へ北へと飛び去って行くのを、晴れ晴れとした顔つきで見まもっていた。

いつまでも、いつまでも、見まもっていた。――

大造爺さんと雁の物語は、このように結ばれる。

この物語では、雁の頭領ははなから「残雪」という固有名詞を与えられている。十羽ひとからげに扱う、ただの鳥ではない。鋭い頭脳と熱い感情をもった、個性ある生き物として描かれる。

雁の残雪は、大造爺さんと対等の存在なのである。

物語の前半は、大造爺さんと残雪の知恵比べの駆け引きを軸に、話が進む。

ライバル同士の知恵の競い合いは、物語の後半、愛情物語に移行する。

残雪の胸を占めた仲間の雁に対する動物間の愛は、やがて傷ついた残雪と大造爺さんとの間に交わされた、人と動物の愛に転化する。

愛がこだまし合うなか、いつしか生命《いのち》をいつくしむ気持ちが読者の胸に湧く。

知恵比べの興味につられて物語を読み進んできた読者は、生命の尊さ、愛の貴さを知って、得も言われぬ感動に包まれる。

残雪を大空に放った大造爺さんは、「晴れ晴れとした顔つきで見まもっていた」とあるが、読者の心もまた、晴れ晴れとしたすがすがしさに満たされるのだ。

「まえがき」が伝える物語の成立過程

椋が「少年倶楽部」に送った「大造爺さんと雁」の原稿には、「まえがき」がついていた。だが、編集部の方で、「まえがき」は割愛して、作品本編のみを掲載した。

一九四三年五月に出た単行本の『動物ども』では、雑誌掲載時にカットされたこの「まえがき」が復活されている。

これに起因して、戦後に出た「大造じいさんとガン」のいくつもの版では、「まえがき」のあるものとないものがあって、混乱をきたしている。

この「まえがき」には、作品の成立事情を窺わせる大事な情報が含まれているので、以下に全文を引こう。

――知りあいの狩人にさそわれて、私は猪狩に出かけました。猪狩の人々はみな栗野岳（鹿児島県にある山）の麓の大造爺さんの家に集まりました。爺さんは、七十二歳だというのに、腰一つまがっていない、元気な老狩人でした。そして狩人の誰もがそうであるように、なかなか話上手の人でした。血管のふくれたがんじょうな手を、囲炉裏《いろり》の焚火《たきび》にかざしながら、それからそれと愉快な狩の話をしてくれました。その話の中に、いまから三十五六年も前、まだ栗野岳の麓の沼地に雁が盛んに来た頃の、雁狩の話もありました。私はその折の話を土台として、この物語を書いてみました。

さあ、大きな丸太が、ぱちぱちと燃え上がり、障子には自在かぎとなべのかげがうつり、すがすがしい木の匂のする煙のたちこめている、山家の炉ばたを想像しながら、この物語をお読み下さい。

——

「まえがき」に記された栗野岳は、当時椋が暮らしていた加治木の町から、北に二十五キロほど行ったところにある山で、霧島山系の西の端にあたる。物語の本編では、椋は場所を特定していないが、「まえがき」では、栗野岳で取材した話がもとになっていることを明かしている。

「大造爺さんと雁」は、信州生まれの椋が、南九州を舞台に紡いだ初の作品でもあった。自宅から比較的近い栗野岳に、椋は何度も通い、猟師から野生の動物の実態や、動物に関する興味深いエピソードを聞きこんだのである。

時代に毒されない桃源郷のような山里に分け入り、それこそ、ぱちぱちと木の燃える囲炉裏ばたで聞く老猟師の話に、椋は心がなごむのを感じてならなかった。

山育ちの椋にとって、それは、幼い日々から慣れ親しんだ野性の輝きの復活であり、人間再生の光となるものだった。

巷では耳にしない日とてない、戦争賛美の大音響から逃れ、生命《いのち》の大本《おおもと》に立ち返り、感性の自然回帰をもたらす、みずみずしい体験となったのである。

戦争に疲れた心の癒しとなり、今一度、生きる希望を取り戻す貴重な体験で得た感銘から、椋は生命をいつくしむ人と動物の愛の交流を、児童文学に綴った。

気をつけねばならないのは、この物語が、執筆された一九四一年当時の栗野岳の現実を写したものではないという点である。

「まえがき」で明らかなように、老猟師の大造爺さんから聞いた、三十五、六年前の話をもとに、椋が想像の翼を羽ばたかせて紡いだ物語なのである。

一九四一年から三十五、六をマイナスすれば、実際には一九〇五、六年ごろの話ということになる。

ちなみに、椋鳩十（久保田彦穂）の生年は、一九〇五年である。

自分がこの世に生を受けたまさにそのころに、人里離れたこの山間地で実際にあったという心あたたまる生命の話を、椋は戦時下に聞き、物語を書くのである。

雁の残雪と知恵比べをした当時の大造爺さんは、七十二歳からの引き算で、三十六、七歳になる。本来なら、とても「爺さん」と呼ぶべき年齢ではない。

だが、椋はあえて「大造爺さん」と、現在と過去が混在するような形容で通している。昔話が現在の物語に侵蝕し、融合しているのだ。

なぜ、このような過去と現在の混在が起きたのだろうか。椋の意識に、何があったのだろうか――。

物語が生まれた栗野岳の麓、三日月池

椋の意識の奥を知りたくて、栗野岳の麓、鹿児島県姶良郡湧水町を訪ねた。「湧水」の名の通り、豊かな湧き水を湛えた池が点在する。

そうしたなかに、三日月池という池がある。「大造爺さんと雁」の物語は、ここから生まれたと伝わる。

現地に着くと、一九九六年にできたという椋鳩十文学碑がたっていた。

「感動は人生の窓をひらく」――。椋が好んで、戦後、色紙などにしばしば揮毫《きごう》した言葉である。

三日月池は、かつては霧島四十八池のひとつとされ、江戸時代に薩摩藩が編纂した「三国名所図会」に載るような名所だった。

この池はまた、ノハナショウブの自生南限地として知られ、国の天然記念物にも指定されている。毎年六月になると、百輪ほどの紫の菖蒲が咲く。

だが、現地に出向いたのが一月だったこともあり、実際にその地に立つなり、私は面食らった。「三日月池」というが、池がない。茶色の枯草が一帯を覆うばかりで、水がないのである。

現地で調べてみると、三日月池という名称は昔からあるものの、冬の間は渇水して池の体をなさず、春から夏になると、いつの間にか水を湛え、三日月形の池として蘇生する特殊な池だということがわかった。

近年に限った異常現象ではなく、江戸時代の昔から、毎年、季節ごとに、枯渇と蘇生をくりかえしているのだった。

椋がこの地を頻繁に訪れた戦時中も、大造爺さんがまだ三十代だったころも、三日月池はそのような季節によるサイクルを抱えていたのである。

水がないばかりではなかった。「大造爺さんと雁」の舞台としては、三日月池の現実の姿が、どうもしっくりとこない。

物語から胸の内に思い描いてきた印象との差に、抑えがたく違和感を覚えるのだ。

まず、三日月池の狭さ、小ささである。

雁の頭領の残雪は、大群を率いてその地にやってきている。鉄砲をもつ大造爺さんと残雪との間の駆け引き、知恵比べには、それなりの水の広がりが必要なはずだ。

「大造爺さんは、広い沼地のむこうを、じっとみつめたまま、うーん、とうなってしまった」と椋は書いている。こうした書きぶりは、現実の三日月池を優に超えている。

妙にあっさりした風景であるのも気になる。

人間と動物（雁）、両雄の対決の場としては、もう少し、神秘的というか、荘厳な感じがほしい。

時が移り、開発、整備が進んだせいもあろうが、住宅街から散歩の延長のままたどり着けるような、日常的なたたずまいであるのが、どうも落ち着かない。現地を訪ね、物語とのギャップを実感するなかで、逆に、「大造爺さんと雁」誕生にいたる秘密を覗くような思いに駆られた。

囲炉裏《いろり》ばたで聞く老猟師のもろもろの体験談のうち、若かりしころの雁との知恵比べの話と、怪我をした雁を介抱し、傷が癒えたのちにふたたび野に放った話とが、椋にインスピレーションを与えたのだろう。

そこから、椋の脳内において、まさに鳥が大空に羽ばたくようにイメージが飛翔して、物語が紡がれたのである。

実際の老猟師の体験談はあくまでも土台であって、物語のかなりの部分が、椋独自の作家的想像力により、構築されたに違いないのである。

大いなる生命の再生を信じて

椋が執筆する時点で、もはや三日月池への雁の飛来はなくなっており、はるかな昔話だった。その夢のような昔語りから、椋は時代に問いかけ、時代を超える感動の物語を生み出した。

世の中が戦争一色となり、大量殺戮《さつりく》が正当化され、人間が機械や兵器そのものに化してしまったような、心を喪失した時代に、椋は、人間と動物の間に、古武士の決闘のような、栄《は》えある、そして、弱き者や傷ついた者への惻隠の情と、生命《いのち》への慈愛に満ちた、晴れ晴れとした理想の関係を打ち立てたのである。

それは、人間らしい心＝人間性の復活を唱える、椋の絶唱に違いなかった。

始めは違和感を覚えた三日月池で、しみじみと納得したことがある。

それは、冬には渇水し、枯草に覆われるこの地が、夏にはふたたび湧き水を湛え、美しい花菖蒲を咲かせることだ。

枯死の時期を経た後には、必ずや、潤いが戻り、溢れんばかりの生の季節を迎えるのである。

湧水町の名にふさわしい、永遠の生命のサイクルを象徴する地なのである。

そう考えれば、戦時下に人間性の回復を願った椋の祈りの舞台として、三日月池はどこよりもふさわしい。

「大造爺さんと雁」の物語の表面上には、その池が、季節ごとに渇水と豊水を繰り返す自然環境にあることは出てこない。

だが、たった一か所、「夏の出水で大きな水溜りができて雁の餌が十分にあるらしかった」という文章が登場するくだりがある（＊傍点筆者）。

ストーリー上の展開には大きな役割を果たさないが、椋の意識の底には、三日月池の生命のサイクルがひそんでいたことは間違いない。

来年もまた来いと、大造爺さんは別れ際に残雪に呼びかける。ふたたび訪れる季節を待ち焦がれている。

傷を負った、本然ならぬ姿ではなく、生命の輝きに満ち、闊達で颯爽とした姿で戻ってくることを待ち望む。

この願望は、本然の生命のありようを望む、時代への祈りに通じている。

戦争によって生命が軽んじられ、貶《おとし》められ、死が賛美されるような歪んだ時勢がやみ、生を敬い、その尊厳を大切にする、真に人間らしい社会への回帰を願っているのだ。

自然《じねん》のもとどおりの姿に復してほしいと願う、大きな回帰願望が、この物語には秘められている。

来年という未来への希望を述べつつ、本然の生命の姿を願う意味では、それは過去にも向いている。

三十代であったはずの猟師が大造爺さんとして物語に登場し、物語の時代設定が、椋自身がこの世に生を受けた時期に重なるなど、過去が現在に侵蝕しているのは、この本然たる、尋常な姿への回帰を願う気持ちが地下水脈のように流れているからなのだ。

その大いなる生命の大河に抱かれるゆえ、読後感はなんともすがすがしく、晴れ晴れとするのである。

あまりに有名な物語となったためもあって、「大造爺さんと雁」は、戦後、圧倒的な支持の陰で、疑義や批判を受けることもあった。

雁が栗野岳の近くには飛来しないのではないかとか、雁は餌としてタニシを好まないのではないかといった、リアリズムからの疑問に始まり、ラストの「（再会して）どうどうと闘おうじゃあないか」との大造爺さんのセリフが好戦的、軍国主義的であるなどといった、いささか政治に傾いたかに見える批判まであった。

それらはいずれも、三日月池が抱える生命のサイクルを知らず、物語の底に流れる、生の尊厳の回復を願う椋の真情に気づかなかったがゆえの、表層の物言いであったように思う。

「大造爺さんと雁」は、対米戦の始まる一カ月あまり前に、発表された。

戦争に向け人心を扇動する戦意高揚のムードが、社会のあちこちでふくらみにふくらみゆくなか、危機感をつのらせたひとりの児童文学者、動物物語の作者によって、世に送り届けられた警鐘ともいえる。

殺し殺されることを賛美などしてはならない、人はすべからく生命の大本へと回帰するようにとの悲願をこめて綴られた作品だったのである。

祈るような椋の思いにあっては、もはや、どこの池であるかといった些細なリアリズムは、超越されていたのかもしれない。

椋の悲願が、現実を離れ、俗塵を免れた山あいの地に結晶した。

大造爺さんの昔語りのような体裁を借りつつ、生きとし生けるものへの崇敬と愛が、熱くも純粋な生命の物語に昇華した。

一見すると矛盾するようだが、時代に問い、時代との軋轢《あつれき》から産み落とされた物語は、それゆえにこそ、時代を超えた。

二十一世紀の現代にあっても、教科書に載り、子供たちの心を感動で満たす。

時を超えて、この物語を読む者は、大いなる生命の宇宙にいざなわれ、抱かれることになるのである。

第四章

戦地と内地をつなぐ心。「嵐を越えて」が越えたもの

「嵐を越えて」が載る「少年倶楽部」
1941 年 5 月号

軍艦、兵士も登場する燕の物語

「少年倶楽部」に発表された動物物語は、概括的に言って、時代色を直接とりこみはしなかった。猟師は登場しても、兵士は出てこないのが基本形だ。

だが十五作品のうち、ただ一作だけ、戦地にまですそ野をひろげ、兵士も登場する物語がある。一九四一年五月号に発表された「嵐を越えて」――。主人公は燕《つばめ》である。

南洋の海岸の椰子《やし》の木を、燕が北の国の古巣を目指して飛びたつところから、物語は始まる。燕は、季節によって南と北を往復しながら暮らす鳥なのだ。

すでに十回も太平洋を往復したベテランの燕に続いて、何千羽という燕がいっせいに舞いたち、雲のような群れになる。

燕の群れの旅路は、艱難辛苦《かんなんしんく》の連続である。

まずは、嵐が襲う。激しい風雨のなかを、それでも燕たちは前へ前へと一心に進むが、黒い海の

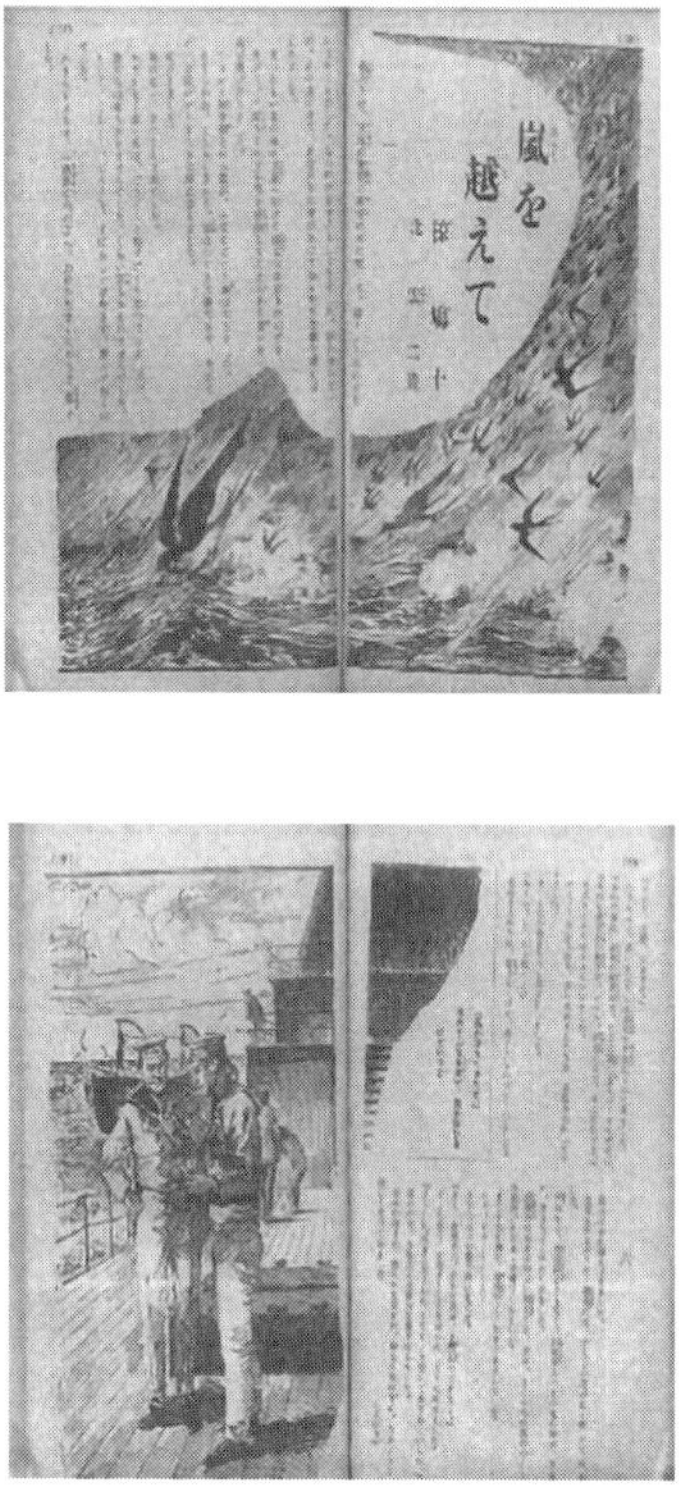

嵐を越えて

「少年倶楽部」1941年5月号に載った「嵐を越えて」

水が天の柱のように吹きあがる竜巻に巻きこまれ、多くの燕たちがはね飛ばされてしまう。

海中の小島の岩礁に打ちつけられ、燕たちは意識を失うが、天気が回復するとともに、次第に意識を取り戻して、ふたたび北へと旅立つ。

嵐の次には二羽の隼《はやぶさ》が襲う。頭に白いまじり毛のある一羽の燕は、わざとわが身に隼の関心を引きつけ、捕えられるすんでのところでアクロバティックな燕返しを繰り返し、その間に仲間を逃がす。

しかし、隼の攻撃に傷つき、ついに力尽きて、空から落下する。

落ちた先には、南洋を航海する日本の軍艦があった。

水兵が傷ついた燕を見つけ、懐で温めて介抱する。他の水兵たちも加わり、世話をしてくれたお陰で、燕は元気を取り戻す。

ひとりの水兵が、燕に声をかける。自分の家は金沢の雑貨屋だ、そこの軒で巣を作るように、と。

別の水兵も言う。俺は鹿児島の漁師で、茅葺の家だ。そこへ行くように、と。

水兵たちの励ましを受けて、燕はふたたび飛びたち、日本へたどり着く。

去年も来た家の庭にはすももの白い花が咲き、門口には出征兵士を送る日の丸の旗が風に揺れている。

家の子が燕の訪れを見つけ、去年の燕が帰ってきたと、嬉しそうに母親に告げる。

母は、戦地にいる兄さんにも手紙で知らせてあげたらいいねと、息子に語る。

清らかな朝日が、燕の背に光っている……。

あい変わらず、椋のストーリー・テリングは見事だ。

前半、燕の旅の苦労を描いて読者の気持ちを燕に引きつけ、中ほどに隼とのスリリングな決闘シーンを挟み、そして後半、人との関係性に話を発展させる。この後半部分に、戦争の時代に紡がれたこの物語の肝心のテーマが、集約的に現れる。

山国の信州に育った椋は、若い頃から南洋への強い憧れを抱いていた。

学校を出て、憧れのままに南に向かったが、諸事情から実際には鹿児島県どまりで、高校教師になった。

積年の南洋への憧れが、この物語の底流に流れていると見ることもできよう。

だが、椋が描いた南洋は、平和の時代の静かな海ではなかった。

戦争の時代、故郷を遠く離れた兵士たちを乗せた、軍艦の行き来する海だったのである。

物語に描かれた内地もまた、戦時下の世相を呈している。

燕がたどり着いた家では、兵士が出征したことを示す日の丸が門口に翻る。燕の飛来を喜ぶ少年の兄が、戦地にいるのだ。

日本人の暮らしが、戦争に呑みこまれ、家族は離れ離れに、本来ならば行くはずのない遠隔の地に派遣されている。

燕は、それらの人々の思いをつないで、南から北へと、渡りの旅を続ける。

戦争の時代、燕に託した思い

あらゆる鳥のなかで、燕は人にとって特別な意味をもつ。

伊豆湯ヶ島を舞台にした川端康成の「燕」(一九二五)という小品のなかに、地元の小学校教師から聞いた話として、生徒に自由画を描かせてみたところ、多くの子供たちが、富士山の絵と、燕の絵を描いたという話が出てくる。

富士山は景色の隅に必ず存在し、地域の自然と風景の象徴的な意味をもつ。

それに反して、燕は、常在の生き物ではなく、夏が近づくと、南の国から飛来してくる。季節の到来を告げる、メッセンジャーのような役割をになう旅人である。

毎年、燕が飛びかい、軒下に巣をつくる様子を目にすると、人はときめきを覚え、ひととせを無事に過ごせたことにほっと安心もし、幸福の使者に出会ったような気になる。

椋の「嵐を越えて」も、こうした人間にとっての燕の特性を踏まえて書かれている。

ただ、南洋から内地をめざす燕の旅と、燕の飛来を喜ぶ少年の兄がいる戦地にまたがる物語の舞台の範囲は、当時の日本が国策として網をかけていた「大東亜共栄圏」と重なる。膨張主義による侵略の版図を縫って、燕は北上するのだ。

しかしそれでいて、燕に寄せる人々の気持ちは徹底してやさしく、あたたかい。

軍艦に乗った水兵たちは、敵軍に対し砲火を浴びせかける強面《こわもて》なそぶりを全く見せない。平和な時代に隣近所に暮らす心やさしい青年たちと、何ら変わるところがない。

燕という季節のメッセンジャーを介して、人々の美しい心映えが、内地にも外地にも、こだまを交わし合うのである。

舞台だてとしては、この「嵐を越えて」は、椋の動物物語のなかでも、最も戦時色の濃いものである。

だが、戦争の時代を意識しつつ、戦意高揚とは無縁の、小さな生命《いのち》をいつくしむやさしさによって、内外を結ぶ心のリレーをなしとげたところに、この作品の不滅の価値がある。

燕の旅は、ひたすらに懸命である。嵐にも、隼の攻撃にもめげずに、けなげに北上を続ける。

それはそのまま、椋の気持ちの表れのように思われる。

戦争が拡大しつつある時代の現実に違和感をつのらせつつも、何とか人としてのやさしさを忘れずに維持してほしいとの悲願が、物語に結晶している。

それにしても、椋はどうして、常にない、戦地にまで舞台をひろげた動物物語を書いたのだろうか。

ある意味では、最もチャレンジングな物語であろう。時代から逃避せず、四つに組んでいる。人里離れた桃源郷の話ではない。

なぜ、椋は戦時下の世相に背を向けず、真《ま》っ向勝《こう》負を挑むように、あえて戦争の時と場に舞台を求めて、動物物語を描いたのであろうか——。

もちろん、椋自身の純粋な創作上の意欲ということもあったろう。二年あまりのブランクの後、一九四一年になって、「少年倶楽部」に動物物語を次々と発表してゆくことを決した際に、自作のメイン・ストリームとはならないことを承知のうえで、ひとつぐらいは戦時下の物語もと、構想を固めていたのかもしれない。

「少年倶楽部」をにぎわす、ことさらに戦時色を露わにした時局迎合的な作品群に伍して、一見すると同質の作かと思わせつつ、皇軍兵士の死闘を称える武勇譚などではなく、椋にしか書けない、やさしさの世界を打ち立てたいと願ったのかもしれない。

ただ、ひょっとすると、「嵐を越えて」が例外的に成立したのは、ひとつには、自身の子供たちとの日常的なやりとりが影響したのではないかとも考える。

というのも、椋には男の子が三人いたが、世の中の好戦的ムードがふくらむにつれ、息子たちから、もっと軍国調の勇ましい作品を書いてほしいと頼まれることがあったからだ。

長男である久保田喬彦氏の証言から引こう。

——軍国少年だった私たちは、「敵中横断三百里」のような、血わき肉おどる戦争ものを要望、兵隊さんのことを書かない作家は、非国民と見られるなどと、生意気なことをいった記憶も残っている。

「お父さんはね。動物の小説を書く作家だから、戦争のことは書けないんだよ」

「そうだね、軍馬や軍用犬のことはよく知らないから、調べてみようかな。それならいいだろう」

などと答えてくれたが、これだけは実現せず、また調査したあともなかった。（『父・椋鳩十物語』理論社　一九九七年）――


戦争は、他ならぬ椋自身の家庭にまで、深く忍びこんでいた。

父の思いが国策や戦争と乖離《かいり》していたとしても、軍国主義に染まった息子たちは、血わき肉おどる戦争物の執筆を期待してやまないのである。

息子たちの前では、自分は動物物語の作者だから戦争物は書けないと答えるしかなかった椋だが、胸中に溜めこむものがあったのであろう。

そして、いつしかひとつの物語が生まれる。

それは、国策に便乗した皇軍礼賛の戦争物ではなく、戦時下の世相に沿った外見をまといつつも、内なる真実として、人間にとっての根本的な愛とやさしさを説く、椋ならではの物語の創作であった。

「嵐を越えて」が、そのようにして生まれたとも、充分に考えられるのである。

兵士が登場したもうひとつの椋作品「太郎のかた」

椋が手がけた動物物語のなかでは、戦時色を作品にとりこんだものは「嵐を越えて」があるばかりである。

だが、椋の書いた童話には、もうひとつ、兵士の登場する戦時下ならではの作品が存在する。「太郎のかた」――。「嵐を越えて」から一年後、「少年倶楽部」の姉妹誌となる「幼年倶楽部」の一九四二年六月号に発表された。

動物は出てこないものの、戦時色を濃厚に反映させた作品として、「嵐を越えて」をさらに突き進めた感がある。

「嵐を越えて」を多角的、多元的に理解する意味でも、この「太郎のかた」という「異色作」についても、視野に収めておくべきであろう。

十歳になる太郎は、肩のやせた少年である。太郎の家では、以前から野天風呂を使っているが、春男君の家では近代的な内風呂を入れており、太郎はそれが羨ましくてならない。そのことで、父親によく不平をこぼす。

ある日、演習帰りの兵士が、太郎の家に分宿しにきた。

戦時下の少年のひとりとして、太郎には兵隊さんへの憧れがある。自分の家に泊まりに来ると聞いて、太郎は「おまつりのたいこの音より、もっと、こころが　わくわくする」のを感じた。兵士が、自分も家では野天風呂を使っていると聞いて、太郎は嬉しくなる。憧れの兵隊さんと一緒に野天風呂に入る太郎。

兵士は太郎に、日本は拡大を続けている。水汲みの手伝いをして、その肩で、大きな日本が担える丈夫な身体をつくるようにと励ます。

翌日から、水汲みに精を出す太郎。

「太郎のからだの中にも、日本をぐっと、せおうことの　できるちからが、まい日、少しずつ、少しずつ、みちていくようなきがするのでした。」――と、小さな物語は結ばれる。

現在の視点からすると、いささか居心地の悪い作品である。いつもの動物物語のように、すんなりと腹に収めるのが難しい。

椋鳩十の作品中、最も時局に寄った作品であることは間違いない。

兵士は肩のやせた太郎に対し、丈夫な身体になれと、成長を促したにすぎないが、その先が、国を背負う兵隊になることなので、軍国日本の国策に沿った内容となっている。

この作品も、ポプラ社刊の『椋鳩十全集』26（一九八一）に収められてはいるが、後世の「審判」は、なかなかに手厳しい。

研究者のなかには、「太郎のかた」を戦争協力の作品、作家・椋鳩十の「汚点」とまで断じる見方もある。

この作品がどうして書かれることになったのか、その経緯は明らかでない。出版社側から要請があり、椋は断れなかったということかもしれないし、先に見たように、息子たちからの声にこたえる意味で、椋なりの「兵隊物」に手を染めたものだったのかもしれない。

ただ、虚心に物語を追ってゆくと、時代の吹きこぼしのような戦時色露わな要素を抱えながらも、椋が彼なりに、軍国調に堕さぬようセーブをかけ、腐心しているさまが見えてくる。

例えばだが、太郎は憧れの兵隊さんに、これまでに敵兵を何人やっつけたかというような質問をしていない。兵士もまた、そのような発言を口にせず、好戦的な態度を見せない。

あくまでも、健やかな身体の育成という、ラジオ体操のような次元で話は終始する。

太郎が当時の少年の典型として、兵隊さんに強い憧れをもっていることは事実ながら、夢のような憧れが戦場へと直結する早急な結論――例えば少年兵として志願するというような――に達してしまうことを、むしろ諫めているのである。

将来のためにまずは頑健な身体をつくれとは、時代のムードに棹さすようなことではない。むしろ、慎重論なのだ。

野天風呂の件にしても、素朴な暮らしの価値を、再確認しているにすぎない。古くからの地道な生をいたずらに攻撃、破壊するような安易な変革論に静かに異を唱えている。

ただ、そうはいっても、椋が散りばめた（散りばめざるを得なかった）時代のレトリックは、後世からすれば時局迎合的に映ることも事実だ。

最も問題となるのは、風呂のなかで兵士が太郎に語る言葉に出てくる、「今、日本が、ぐんぐん大きくなっていること、学校でおそわったはずだね」というくだりであろう。

アジア各地で戦線をひろげ、大日本帝国の版図を拡大してゆく当時の日本の国策、軍部の戦略を、ここではストレートになぞっている。

このような物言いが、出版社の意向であり、時代が椋に強いたものであったとしても、この作品を、戦時雑誌のなかにのみ生きうる、狭い内容に限定してしまっている。

それゆえに、「太郎のかた」は、時代を超えた傑作にはなりえていない。この点、「嵐を越えて」とは雲泥の差がある。

時代色を抱えながら、「嵐を越えて」はそこに埋没せず、時空を超えて飛翔している。

未来永劫、人の心をつかむ真実の文学の力に満ちている。

『動物ども』ではなぜ掲載されなかったのか

不思議なことがある。

一九四三年五月に、単行本の『動物ども』が刊行されたことはすでに述べたが、「嵐を越えて」

は、そのなかに収められていないのである。

『動物ども』は全十五編の短編を集めたものだが、「少年倶楽部」に掲載された十一編と、新たに四編を書き足して、構成している。

単行本の刊行時点で、それまで「少年倶楽部」に掲載されながら、『動物ども』に収録されなかった作品は、「山の太郎熊」「金色の足跡」「嵐を越えて」の三作品であった。

なぜこれらの作品は『動物ども』から外されたのか、椋自身による説明がある。大藤幹夫「椋さんの手紙」(「紀要　椋鳩十・人と文学」二)に載るものだが、未収録の理由を尋ねた大藤に、椋は次のように手紙で答えたという。


――「山の太郎熊」「金色の足跡」「嵐を越えて」が除外されたのは、掲載誌をしまいそこなってみつからなかったためです。――毎年のように引っ越してあるいて、荷づくりをとかないままでしたので、コンポウをした荷物の中にまぎれ込んだりしていて(後略)――


椋の説明では、引っ越しの荷物の梱包の関係で、掲載誌が行方不明になっていたというのである。

確かに、「山の太郎熊」と「金色の足跡」の初期二作品については、それぞれ一九三八年十月号と一九三九年一月号の発表になり、『動物ども』の刊行から四年以上も前のことなので、これらを載せた「少年倶楽部」が手元に見当たらなかったとしても仕方がなかろう。

だが、「嵐を越えて」が発表されたのは一九四一年五月号で、その前後の号に載った作品はみな、『動物ども』に収録されている。

本来、初期二作品とはひとくくりにできないはずなのである。

ではなぜ、「嵐を越えて」が『動物ども』に再録されなかったのか——。

これはやはり、舞台設定として戦時色を抱えることから、椋が自主規制をかけたように思われてならない。

おそらくは、前年に「太郎のかた」を「幼年倶楽部」に発表した際、兵士が登場するくだりについて、出版社からうるさく注文がついたのだろう。

時局を語るに、日本がどんどん大きくなっているというような、ことさらに国策に追従した修辞を挟むことが求められたかに思われる。

ひとたび兵士や軍に関連する事物が登場するとなると、そのような暗黙のルールに従わない限り、もはや公に作品が出すことが難しくなっていた。

またちょうどこのころ、一九四三年に、椋は自宅にあった左翼関係の書物や、当局が危険視しそうな資料を、焼却している。

大学時代、ともに「リアン」という詩誌に属していた同人が、前年、思想犯として逮捕され、椋の身にも危険が迫る怖れがあった。

そのような折に、動物物ではあっても、あえて戦時下のただ中から物語を紡いだ「嵐を越えて」

は、思わぬところから口を挟まれないとも限らないと、案じられたのではなかったろうか。かつて山窩《さんか》物語の『鷲の唄』が、発禁処分を受けた経験をもつ椋である。難しい時代に、奇跡のように単行本化の決まった『動物ども』が、ふたたび妙なところから難癖をつけられてはたまらないと考えても、当然であろう。

かくして、「嵐を越えて」は、『動物ども』への再録が見送られた。そのような危機意識のもとに『動物ども』が準備されたと考えると、例の序文の冒頭の、とってつけたようなアメリカ批判も、納得がゆく。時局との駆け引きにあっては、譲るべきところは譲りながら、椋は自身の動物物語を死守したのである。

「嵐を越えて」が越えたもの

戦時中、「少年倶楽部」に発表された椋の動物物語のなかで、確かに「嵐を越えて」は異色作であろう。

しかし、物語の時と場を戦時下の現実に置きつつも、この作品は椋ならではの澄んだ美しさに溢れている。

決して、時局迎合などではない。逆に、戦争の時代にあって、人が本然としてもつあたたかさと、人としてなおも守るべき心を訴えている。

物語のラストで、少年から、去年の燕がまた帰ってきたと聞いて、母は語る。

「戦地の兄さんに、そのことも書いてあげるといいね」……。

内地の留守家庭に、平年に変わらぬ季節の便りが訪れたことを、兵士となってはるかな戦地にいる息子（少年の兄）にも、伝えてあげようというのである。

母の思いが、燕の運ぶやさしさとこだまして、大きな愛に包まれる。

当時、いくつもの戦争美談に描かれたような、お国のために命を投げうって尽くせと説くような軍国の母とはまるで違う。

燕は、やさしさの感情だけを運んで、人と人の心を結ぶ。

やさしさだけが、南洋と日本、戦地と内地をつないで、こだまする。

阿部奈南氏の論文、「戦時下児童文学における椋鳩十の作品構成と表現――「少年倶楽部」掲載の「嵐を越えて」をめぐって――」（関西外語大学研究論集第一〇七号　二〇一八）から教わったことだが、「幼年倶楽部」一九四三年五月号に、「南のせんちから来た　燕」という鳥類学者・内田清之助による読み物が載っている。

椋の「嵐を越えて」と似た設定であるが、描かれ方はだいぶ違う。

内田の作では、父と子の会話で燕の習性が語られるが、そのなかに、次の会話が登場する。

「とおい南の国――たとえば、こんど日本のおかげで、へいわになったフィリピンや、マライや、ジャワなどからとんで来るのだ。きっと　日本の兵たいさんの勇ましいかつやくぶりを　空から見たことだろう。」――

南方諸国を語るに、枕詞のように付された日本国称揚のレトリックといい、燕の見たものとして、わざわざ日本軍兵士の勇ましい活躍ぶりを挿入する点といい、ことさらな礼賛調には、今の感覚からすると、鼻白む思いから免れ得ない。

このような、時代が生んだ「典型」を知ると、椋作品のすがすがしさに改めて感心させられる。「嵐を越えて」が描いた燕は、まさに時代の渦中を飛んでくるが、時代に埋没などしていない。内田による「大東亜共栄圏」を渡る燕の話が発表された時期が、椋の単行本『動物ども』の出版時期と重なるのも、気になるところだ。

南洋から日本へと渡ってくる燕に関して、時代が求めるイメージは、内田の文章に明らかである。「嵐を越えて」に描いた燕物語が、そうした時局の望む国策的イメージから乖離《かいり》していることは、椋自身が誰よりも熟知していたに違いない。

もし、「嵐を越えて」を、オリジナルのままに『動物ども』に収録し、刊行したならば、アメリカとの戦争を遂行する翼賛体制下の日本にあっては、国の文化政策とかなりの齟齬をきたしてしまうことが予想されたのだろう。

私はやはり、「嵐を越えて」が『動物ども』から外されたのは、「少年倶楽部」の掲載誌が手元になかったからではなく、作品が抱える時局との緊張関係にあったのだと思う。

戦後、「嵐を越えて」は復活を遂げる。

一九六四年、偕成社の『少年少女現代日本文学全集』シリーズの第二十三巻として『椋鳩十名作集』が編まれた時、椋作品を代表する名作のひとつとして、「嵐を越えて」が収録された。

その後も、「嵐を越えて」を含む本がいくつか出版されているが、正直、例えば「大造爺さんと雁」（「大造じいさんとガン」）のように、多くの読者に親しまれているとは言いがたい。

椋作品の魅力、すばらしさを語る人々の口からも、代表作として、「嵐を越えて」が出てこない。

戦後社会のなかで、軍艦や水兵が登場する物語が、敬遠されたためだったろう。

だが——、地球の片隅で戦争が続き、対立と憎悪が各所で渦を巻いている今こそ、「嵐を越えて」は必ずや再評価されなければならない。

「嵐を越えて」の「嵐」とは、まずは文字通り、北上中の燕が巻きこまれた暴風雨の意味に違いないが、今ひとつには、「戦争」という時代の嵐でもあったろう。

嵐を越えて、燕は飛び続けた。

燕に寄せる人々の美しい心を結んで、物語はもうひとつの「嵐」をも越えようとする。

戦時下ならではの作品であるゆえに、「嵐を越えて」は今もって正しく理解されず、不当な評価に甘んじている。

だが、戦争のさなかに生まれ、戦争を超越する人々のやさしい心を描き、輝く生命《いのち》の世界を紡ぎだした「嵐を越えて」を、私は、作家・椋鳩十の生涯を通した最高傑作のひとつと信じてやまないのである。

第五章

戦時動員。「絶妙の墨加減」に見る作家と教師の間

川棚海軍工廠での椋と女生徒たち、前列右から５人目が椋
（写真提供　かごしま近代文学館）

作家・椋鳩十VS教師・久保田彦穂

椋鳩十が一九三八年から一九四三年まで、「少年倶楽部」誌に計十五作を発表したことは前にも述べた。

最後の作となった「三郎と白い鵞鳥《がちょう》」の掲載が一九四三年十一月号で、それ以降、戦争が終わるまで、作家・椋鳩十の名で世に発表された作品はない。

もはや、生命《いのち》の尊さや愛を謳《うた》う椋の動物物語を受け入れることのできる場がなくなってしまったのである。

ペンネームの椋鳩十としては仕事を奪われたに等しかったが、本名の久保田彦穂の方は、戦時下でも高校教師として精勤を続けていた。加治木高等女学校の国語教師として、一九三〇年から一九四七年まで奉職したのである。

久保田先生はひょろりと背が高く、生徒からは「へちま」の愛称で呼ばれて親しまれた。ユーモアに富み、授業の合間に、よく本を読んで聞かせた。

子供たちの机の間を歩きまわりながら、詩であったり、小説であったり、さまざまな話を聞かせるのが得意だったという。

そうした面影は、児童向けに心あたたまる動物物語を書き続けた「椋鳩十」とも、無理なく重なり合う。

だが時代は、女学校の教室を、いつまでも牧歌的な雰囲気に留めることを許さなかった。

すでに一九三八年には国家総動員法が制定され、国全体が戦争一色に塗りつぶされる体制ができあがっていたが、女学校といえども、押し寄せる軍国主義化の波に否応なく巻きこまれた。

特に一九四一年十二月、アメリカとの戦争が始まって以降は、校内の雰囲気が如実に変わってきた。

英語の授業は、敵国語ということで廃止になった。

また、「課外授業」が著しく増えた。「授業」とは名ばかりで、教師がもんぺ姿の女生徒たちを引き連れて、さまざまな場所で土地の開墾に従事したのだった。

鍬《くわ》を手にもっこをかついで、拓いた土地に苗を植えてゆくのである。戦争の遂行による食糧難を見越した措置だったのだろう。

校内でも、軍服のつぎあて、防空訓練など、戦争にからんだ作業、行事が日常化した。

椋が山窩《さんか》物語を書き始めたころ、加治木高女の山口校長は執筆に理解を示し、授業を午前中にまとめ、午後は宿直室で執筆することを許してくれた。

動物物語の作者として椋の文名があがって以降は、学校側も、また保護者や生徒たちも、そのことを、傑出した国語教師の類まれな付加価値と感じ、学校や地域にとっても誉《ほまれ》と考えた。

椋の新しい作品が発表になると、他の教師によって学校で紹介されるというようなこともあったらしい。

久保田彦穂は、勤務先の学校にあっても、椋鳩十であることと、何ら矛盾しなかったのである。ペンネームとは本来、「仮面」の名乗りである。

それでも、椋鳩十と久保田彦穂の関係は、椋の書く世界のゆえに、また久保田の働く環境のゆえに、長らく幸福な共同体たりえたのだった。

ところが、戦争によって時代が緊張を高めると、両者は次第に齟齬《そご》をきたし始める。

翼賛体制下にある学校では、教師もまた国家の意思を受けて、否応なく戦争に加担させられる。勤労奉仕に始まり、神社での戦勝祈願、国家関連の祝賀式典への参加その他、学校行事の隅々に、戦争が介入してくる。

公職にある以上、あからさまに戦争に異議を唱えたり、国策にたてついたりするような行為は、とるすべもない。

万歳の声に送られて青年たちが出征して行き、白木の箱で無言の里帰りをする姿が日常化するさまに、椋がたいそう胸を痛めていたことは、戦後のインタビューで明らかである。

だが、個人としての思いはどうあれ、教師として勤める以上、国の方針に逆らえるものではなかった。

作家として椋がつける「仮面」であったはずが、教師を続ける久保田が、「仮面」をつけざるを得なくなる機会も増えていったのである。

久保田彦穂による戦争協力の文章

椋鳩十の名ではなく、久保田彦穂の本名で書いた、問題の文章が存在する。

「幼年倶楽部」一九四四年一月号に発表した「軍神につづく横山少年団」——。

タイトルからして、すでに時局感丸出しであるが、動物物語では時局迎合や戦争協力から免れていたにもかかわらず、同じ人物にこの文章があることを知って、「ブルータスよ、お前もか！」と言わんばかりに、ショックを受けてしまう人もいるようだ。

この文章が何を書いたものであるか、現代の読者には少し説明がいる。

「軍神」とは、本来、ローマ神話のマルスのごとく、軍事をつかさどる神のことだが、戦時中のメディアを賑わしたのは、もっぱら自身の生命を犠牲にして武勲を立てた兵士を神格化して言う呼称であった。

アメリカとの戦争の火ぶたを切った一九四一年の真珠湾攻撃の際に、特殊潜航艇「甲標的」に乗って壮烈な戦死をとげた九名の兵士を、「九軍神」と呼んで、軍とメディアは英雄化した。

この九名のなかに、鹿児島市下荒田町出身の横山正治少佐がいたのである。

時代の熱気に煽られるまま、地元ではたいそうな話題となり、軍神・横山少佐の後塵を拝し、率先して国に尽くそうとの声が沸騰した。

一九四二年三月には、東条英機首相が鹿児島入り、横山少佐の母を訪問したこともあって、軍神・横山はいよいよ地元の誇りと化して、横山少年団などが結成されたのだった。

久保田の文章は、この横山少年団の活動報告を記したルポ風の読み物である。

「本社写真部」のカメラマンによる写真も掲載されているので、この記事全体が、出版社から取材を依頼されてのものだったことがわかる。

記事は、横山少佐の実家の前の清掃と地元の神社への参拝が横山少年団の結成につながったことを報告しながら、少年たちの活動を追う。

横山家の前の清掃を終えた少年が、

「われらは、君国のために、いさぎよく真珠湾の　はなとちった、軍神横山正治少佐の日本せいしんを、かたくうけついで、だい二、だい三の横山少佐となるよう　ふんれいどりょくします」

と誓いの言葉を述べたり、薩摩藩に伝わる示現流の稽古をする少年たちの言葉として、

「来るなら来てみろ米英め、これこのとおり一うちだ」

と記すなど、軍国少年たちの心意気を、無批判に——否、正直を言えば、肯定的かつ積極的に、伝えているのである。

この記事を読んだ全国の子供たちが、鹿児島の横山少年団を見習うべく、胸を熱くするであろうことは、火を見るよりも明らかである。

軍国主義が猛威をふるい、死を礼賛するような時勢に抵抗して、生命《いのち》の尊さ、生の貴さを動物物語に綴ってきた椋鳩十だったが、久保田彦穂は軍神を称える時局迎合的な文章に手を染めてしまったのである。

作家の椋鳩十と、教師の久保田彦穂が、乖離《かいり》し、分解してしまった瞬間だった。

椋鳩十の作品を慕い、敬慕する人たちには、久保田彦穂による「軍神につづく横山少年団」の文章があることは、長い間、ほとんど知られていなかった。

この文章の存在を知って驚いた児童文学者の鈴木敬司氏が、椋鳩十自身に、この記事の執筆動機を尋ねたところ、

「あの時代はねえ……とにかく生きることに精いっぱいで……」と「苦渋に満ちた表情」で、椋は答えたという（「椋鳩十の死を悼む」「文学と教育の会会報」第十三号　一九八八年）。

自らの負の歴史に触れられて、口をつぐまざるを得なかったということだったろう。

「三郎と白い鷺鳥」VS「軍神につづく横山少年団」

久保田彦穂による「軍神につづく横山少年団」が掲載されたのは、「幼年倶楽部」の一九四四年

一月号だった。

実はこの直前、「少年倶楽部」の一九四三年十一月号に、椋鳩十の動物物語「三郎と白い鷺鳥」が発表されている。

その名からもわかる通り、「幼年倶楽部」と「少年倶楽部」は、大日本雄弁会講談社（現・講談社）から出されている姉妹誌であった。「幼年倶楽部」の読者が、成長とともに「少年倶楽部」に移行するのである。

椋鳩十と久保田彦穂の軋轢《あつれき》という視点からこの事象を見てゆくと、ほぼ同時期に発表されたふたつの作が、互いに無関係であったようには思えない。

椋の動物物語は、一九四二年までは、連続して「少年倶楽部」に掲載されていたものの、一九四三年に入ると、二月号に「栗野岳の主」が載ったきり、九カ月間もブランクが続いていた。年々、軍国調を強める「少年倶楽部」にあっては、椋のような心やさしい動物物語の出番はなかったのである。

それが、十一月号に、久しぶりに椋の作品「三郎と白い鷺鳥」が掲載された。

物語の内容は、戦争とは全く無縁である。

朝鮮の叔父さんから届いた鷺鳥の卵を、太郎、二郎、三郎の兄弟が孵化させ、自宅の鶏と一緒に大切に育てる。一年ほどがたち、水鳥であることを忘れてしまった鷺鳥を、近くの沼に放す。

始めは水を怖がっていた鷺鳥が、何回目かの試みで、ようやく水に慣れ、沼の中心まで泳ぎ、水中にもぐって餌をとることにも成功し、水鳥としての本能を取り戻す。

この鵞鳥の飼育を通して、体が弱く気弱だった三郎が著しく成長し、苦手のブランコにも乗れるようになり、自分のなかに力強さを見出す……。

動物への愛情、兄弟愛、動物を通しての子供の成長と、いつもながらの椋ワールドが展開する。小さな生命《いのち》にそそがれる子供たちの心は純粋で、大人の理屈による何らの侵蝕も受けず、動物との触れ合いから大きな学びを得る。

戦死した英雄に憧れるような、時代の気分に強引に染められることなどないのである。

一方で、このような、時代や場所を超越した無垢な少年の物語を綴りながら、もう一方では、軍神に憧れ、その道を継がんとする少年の報国の熱誠を描く……。

本然なる少年の心と、時勢に呑みこまれてしまった少年の心とは、あまりにも対照的だ。椋鳩十と久保田彦穂と、本来はひとりの人間でありながら、ジキルとハイドのように分裂してしまったのは、なぜなのか……。

私は、この背反するふたつの書き物が、出版社側との交渉過程において、ワンセットとして扱われていたのではないかとの憶測を捨てることができない。

「幼年倶楽部」一九四三年十二月号に載った次号（新年号）予告に、主要読み物のひとつとして久保田彦穂の「軍神につづく横山少年団」が紹介されている事実を見ても、両者の時期的な「接近」を感じる。

すでに「少年倶楽部」としては、軍部の意向に沿わない椋の動物物語の掲載は難しくなっていたところを、「幼年倶楽部」に軍神・横山正治少佐に関する現地ルポを書くことを条件に、掲載を許可したのではなかったかと考えるのである。

軍に歓迎されない動物物語を何とか載せるので、軍の機嫌を損じない軍神ルポも、併せて書いてほしいと、そのような要請があったのではないだろうか。

椋は動物物語を書いた。九カ月ぶりに発表の場を与えられたのである。

だが、バーター条件である軍神ルポは、椋の名では書かなかった。

ぎりぎりの抵抗として、久保田彦穂の本名で掲載してもらうことにした。

その名の男は、戦時を生きる高校教師として、すでにいくつもの妥協を重ねてきた。その延長上に、時代の風景として軍神ルポを書くことを承諾したのであろう。

椋鳩十の名でそれを書くことは、作家の良心と矜持が許さなかった。

本人としては「椋鳩十」を守ったつもりだったろう。椋鳩十の名を汚さずにすんだのである。

だが、やはり後味が悪かったに違いない。

時局に迎合した軍国調の文章に、それ以上、手を染めることはしなかった。

「三郎と白い鷺鳥」を最後に、椋の動物物語は、この先、戦争が終わるまで書かれることはなかった。

「軍神につづく横山少年団」を最後に、久保田もそれ以上の軍におもねる文章を書きはしなかった。

いよいよ、筆を折るしかないことになった。
それでも、生きていく以上、高校教師は続けなければならない。
家族を、守らねばならなかった。生徒たちも、守らねばならなかった。

学徒動員。兵器工場へ

一九四五年一月二十二日の夕刻、日豊本線の加治木駅から、臨時列車が発車した。乗車しているのは、勤労動員に駆り出された鹿児島県内の女学生たちであった。加治木駅からは、加治木高等女学校二十三回生にあたる四年生、一〇四名が乗りこんだ。引率の教師は西組の担任であった久保田彦穂と、東組の担任教師のふたりだった。ちょうどこの日、奇しくも久保田（椋）は、四十回目の誕生日を迎えていた。

坊主頭に国民服、戦闘帽をかぶり、足にはゲートルを巻いている。白い防空鞄を携えていた。動員された女学生たちは最終学年生で、あと二カ月で卒業を迎えるはずの少女たちであった。白鉢巻きを頭に結び、もんぺ姿、腕に巻いた腕章には「加治木高女学徒報国隊」と記されている。少女たちが向かった先は、長崎県川棚にある海軍工廠であった。

女学生たちは、この軍需工場で、学業などはそっちのけで、航空魚雷の製造に従事させられることになったのである。

鹿児島県から川棚に動員されたのは、加治木高女を始め、出水、川内、伊作、加世田、国分、知覧、枕埼、指宿《いぶすき》、穎娃《えい》の高等女学校の生徒たち、そして一校だけ男子校の三州商業高校の生徒たちも含まれていた。女子高生たちの総勢は千人ほどになったという。

宿舎と工場は少し離れていて、毎朝、「出勤」のごとに、少女たちは隊列を組み、軍歌を歌いながら行進してゆく。引率の教師も、ともに歌い、行進した。

少女たちは十六歳。長期にわたって親元を離れて暮らすのは、初めてである。

冬のさなかとあって、海沿いの町は時に雪も舞い、凍てつくように寒かった。

連日の慣れぬ作業に、劣悪な食糧事情が重なり、風邪を引き、寝こむ者が続出した。気管支炎や腸炎、脚気にかかる者も出た。

引率の久保田は、親代わりとなって、少女たちの面倒をよく見た。

しばしば米軍機による空襲があり、警報の鳴るごとに、身を寄せ合って防空壕に避難した。防空壕は宿舎からは少し離れた山に、横穴式のものが作られてあった。

夜に警報が鳴ると、灯火管制が敷かれているため、暗闇のなかを防空壕へと退避するのは困難を極めた。

そのような折にも、引率の教師は生徒たちとともに行動し、防空壕で敵機の去るのを待った。

三月二十八日には、工廠の集会所で、十校合同による仮の卒業式が行われた。本来ならば「仰げば尊し」や「蛍の光」が歌われるべきところを、「海ゆかば」が歌われた。

この卒業式の後、小学校教員を養成する初等科訓導養成所に進む者三十人ほどが川棚を離れたが、他の女生徒たちは川棚に留まり、軍需工場での勤労奉仕を続けさせられた。

四月二十五日、久保田は加治木高女で新入生を教えるため、先に川棚を去ることになった。別れを惜しんで、女生徒たちは一様に涙を流した。生徒たちにとって、久保田先生が、精神的、肉体的な孤独や苦労に堪え得る、唯一の支えだったのだ。

生徒たちのなかには、久保田にサインや片言隻句《へんげんせっく》の書き物をねだる者もいた。そのようにして、生徒に贈られた俳句が伝わっている。

敵討てと　乙女凍土を　踏みて行く　鳩十
霰はらはら　凛として咲く　梅のあり　鳩十

最初の句について、二十三回生のひとり畠中信子さんは、次のように伝えている。

「生徒たちのか細い足ながら雄々しく隊列を組み、声高らかに軍歌を歌いつつ行進する健気さをおもんばかって詠まれた句です」（『我が師　椋鳩十先生』二〇一五年）――。

初句の「敵討てと」の部分を、どう解釈すべきなのか――。

「敵討て」は椋自身の胸にも共鳴するかけ声だったのか、それとも、声高なそのかけ声に促され、時代の要請に応じて親元を離れ、軍需工場に動員された乙女たちへの、同情心に尽きるのか。

椋の本音がどこにあるのか、いささか微妙だ。

国策には頷きがたいものを抱えていながらも、女生徒たちに対しては、無条件に共感共鳴しているからだ。

「鳩十」の名を用いたのは、号を名乗るような感覚で、揮毫の際に添えたものだったろう。掛け軸でも色紙でも、椋はこの名を添えるのが常だった。

世の中全体に対して公にされる動物物語などの「作品」の発表とは、おのずから場も状況も異なる。

「敵討て」の句に、作家の証でもあるこの名が添えられることに、おそらく椋は躊躇しなかったのではないだろうか。

墨加減が語る、久保田はやはり椋だった

戦後、かつての教え子たちが久保田先生の思い出を綴った文章には、きまって川柵での体験が記されることになった。

それほどに、つらく苦しい特殊な体験だったのだろうが、逆に教師と生徒たちの間の絆を深めもした。

一九九七年、椋鳩十文学記念館が出した「紀要　椋鳩十・人と文学」二に載った山下治子さんの

「川棚の思い出」という文章も、軍需工場での勤労動員の日々を、久保田先生との思い出を軸に綴ったものだが、そのなかに、興味深い記述を見つけた。

久保田は川棚で「墨の加減は難しい。濃からず、薄からずだ」と口にしていたという。

その意味するところは、戦後に帰宅して知るところとなった。

川棚から、女生徒たちは家族宛てに手紙を出したが、軍にとって不都合な箇所は、検閲で墨を塗られる。

「お腹が空《す》いてしょうがありません。何か差し入れを送って下さい」といったような、後世から見ればたわいなく見えるような内容でも、不許可になるのである。

墨塗り役は、引率の久保田に任された。

かつて『鶯の唄』が出版から一週間後には発禁となり、伏せ字ばかりになってしまったことがあったが、皮肉にも、今は彼自身が、墨を塗って伏せ字にする役割をになう羽目になった。

椋鳩十の受けた過去の苦渋が、川棚で久保田の胸にどう蘇ったかは不明である。

しかし、結果として、久保田は次のような行動をとる。

不許可の箇所を、一応は墨で消したように見せかけつつ、裏から透かして見れば、何とか文意はたどれるほどの墨の濃淡になるよう、調節に腐心したというのだ。

軍の検閲に従う素振りをしながら、なんとか生徒らの家族への気持ちに添おうとした苦肉の策だった。

戦時中、食料不足を補うため、川で釣りをする椋と子供たち
（写真提供　かごしま教育文化振興財団・かごしま近代文学館）

これまで椋の評伝の類には登場していないこの逸話を知って、戦争の進行とともに互いに乖離し続けていた教師・久保田彦穂と作家・椋鳩十が、ようやく同一化する思いがした。

久保田彦穂は、やはり椋鳩十だったのである。

死が称えられた時代に、生命《いのち》をいつくしむ動物文学を創作した椋鳩十は、戦争完遂のための武器製作の現場に駆り出されてなお、人間の心を失うことがなかったのだ。


女生徒らの川棚での勤労動員は、終戦まで続いた。

加治木に戻った椋は、日々の食糧不足を補うため、家族を連れ、川で魚釣りをして、食材の足しにした。

南九州には、鹿屋や知覧など、特攻基地がいくつもあったが、ある日、故障を起こした特攻機が引き返してきて、近くの畑に墜落、炎上した。

この目撃談を椋は戦後、何度かにわたって書くことになるが、炎上するコクピットには、十七、八歳くらいの若者が、意識を失って、炎にまかれるに身を任せていた。

ふたりの将校が現れ、卑怯者呼ばわりをして、特攻隊員をなじった。

戦争のせいで人心が歪み、狂いはてていた。

椋が自宅で飼っていた愛犬も、食糧難の時代に犬に餌をやるなど言語道断であるとされ、自警団に引き立てられて撲殺された。

この事件も、椋は後日、「マヤの一生」という物語に書くことになる。

八月九日、長崎に原子爆弾が投下された。

川棚は直接の被害は免れたが、その夜、川棚の海軍共済病院に被爆者たちが続々と運ばれてきた。男女の区別すらつかない、衣服も焼けちぎれた無残な姿を目の当たりにした少女たちは衝撃を受け、たじろぐしかなかった。

八月十一日、加治木は空襲で大きな被害を出した。二九〇〇人ほどが被災し、三十人近くの死者が出た。

加治木高等女学校も、天皇の御真影を納めるコンクリート製の奉安殿を除いて、全焼した。

この時、久保田先生が詠んだという詩を、「初訓（初等訓導）」で先に帰っていた女生徒のひとりが、書きとめていた。

吾が郷土おかしたり
父母のおわします土地
敵ふみにじりたり
醜敵断じて許さじ
断じて断じて許さじ
ほのおなす怒をこめて

乙女子の祈りをこめて
敵空母を打沈めんと
ひたすらに魚雷を作らん
ひたすらに魚雷を作らん

戦時下を懸命に生きる女生徒たちへの共鳴共感は、甚大な被害を出した加治木の傷痕を前に、怒りとなって噴きあがった。

怒りはそのまま、なおも川棚の魚雷工場に動員されている女生徒らへと羽ばたいた。

このような断末魔の終末的状況にあっては、この詩が久保田の作か椋の本心かといった区分けは、もはや意味をなさないのかもしれない。

現代の視点からすれば、このような詩が数多く残ることがなかったことに、胸を撫でおろすばかりである。

八月十五日、終戦――。

国民を巻きこみ、総力戦を闘ってきた日本は、戦争に敗れ、無条件降伏を受け入れることになった。

川棚にいた女生徒たちは、米兵の上陸が予想されることから、何かあってはいけないと、早々に加治木に引き返した。

加治木駅では、父兄らの出迎えもなく、久保田先生ひとりが出迎えた。

生徒らは、川棚で苦労を共にした先生と再会できて、一様に涙にくれた。

焦土となった町の様子に驚き、自宅が焼失して、どこへ帰ればよいのかわからない生徒もいた。

久保田は、生徒たちをひとりひとり抱きしめ、慰めの言葉をかけた。

こうして、椋鳩十の戦争は終わった。

第六章

戦争を超えた生命《いのち》のパラダイス、屋久島。
「片耳の大鹿」

屋久島

戦後社会での作家復活

廃墟から、日本の戦後が始まった。

東京のような大都市ばかりでなく、南九州の片田舎の加治木でも、事情は同じだった。

終戦の四日前、八月十一日の空襲で、加治木高等女学校の校舎は全焼した。

教師の久保田彦穂は、仮校舎を探すところから、新時代を始めなければならなかった。学校再建の基金集めのため、奔走もした。

戦争に勝利したアメリカら連合国軍の占領政策によって、加治木高女の校長は公職追放となり、暫定的に、久保田が校長代理となった。

学校教育をになう者として多忙を極めたが、一方で、作家活動には戦時中のような制限や不自由がなくなった。出版社からの原稿依頼も重なり、作家・椋鳩十は復活をとげる。

戦時中、動物物語の発表の場が途絶えてから、椋は幻想小説を書いていたという。

ほとんどの原稿は空襲によって失われたが、わずかに残った原稿を再整理して世に出すところから、戦後の椋の作家活動は始まった。

「ハナノクニノコビト」を「コドモノエバナシ」誌（講談社）の一九四六年六月号に発表、同年秋には、「山男と子供」を「赤とんぼ」誌の九月号（一巻六号　実業之日本社）に発表した。

どちらも児童向けのファンタジー作品だが、後者については、気になるところがある。

魔法使いにとらわれた次郎助少年が、魔法によってネズミに変えられたり、ミミズクに変えられたりして、そのたびに魔法使いの命じるままに悪さをしに出向くが、元来の正直な人のよさから、すんでのところで悪事に手を染めずにすむという物語――。

このなかに、歌の上手な、山の王者のような山男が、次郎助に、

「正しい心は、魔法にだって、負けないはずだ。勇気をだせよ」

と、語るくだりが登場する。

もちろん、このセリフは山男の口を借りた椋の信念に違いないのだが、発表のあてもないまま戦時中に書いた原稿にこのくだりが含まれていたなら、当時の椋の胸中の奥深くを、改めて覗く気にさせられる。

少年を悪行に導こうとする魔法使いの魔法とは、戦時中の軍部とその取り巻き、あるいはメディアによって、愛国心の名を借りつつ国民の心を戦争に駆り立てた時代の狂気を言うのであろう。

それに対して椋は、戦中から戦後へと貫く「正しい心」を、見失うことがなかったということになろう。

山窩《さんか》物語も復活した。

「蝮《まむし》滝の女」という新作を、「小説文庫」誌の一九四六年十一月号に発表したのを手始めとして、一九五〇年まで、同誌を中心に計十六作もの山窩物語を書いている。

その間、十三年前の『山窩調』や『鷲の唄』に所載されていた山窩物語が、『鷲の唄』、『若い月』という二冊の本になって、復刊されてもいる（光文社　一九四七年）。

ただ、戦後間もないころこそ、山窩物語の執筆が続いたが、その後は一九五七年に「山窩艶笑記」を「日本週報」五月号に発表したのを最後に、椋はこの世界から手を引くことになる。

山窩自体が急速に数を減らし、世の中の関心も尻すぼみになったという事情もあるだろう。

同時に、椋が若き日に山窩物語を書いたころのように、山窩を描くことが自由への憧れとして、窮屈な社会への強烈なカウンターパンチとなり得たという構図が、戦後社会のなかで雲散霧消してしまったということもあった。

エログロ風の猟奇趣味に堕してまで、書く意義が感じられなくなったということだろう。

動物物語も、新たな作品が誕生した。

「羽のある友だち」を、「少年」誌（光文社）の一九四六年十一月号に発表したのを皮切りに、「暗い土の中でおこなわれたこと」（「銀河」一九四七年一月号）、「父とシジュカラ」（「少年」一九四七年四月号）、「動物のスケッチ」（「銀河」一九四七年四月号）といった作品が続いた。

その過程で、やはりこの世界こそが、自分に最も適した土俵であることを、椋自身が悟ることになる。

もともとは、山窩物語の『鷲の唄』が発禁となり、「少年倶楽部」の編集者の勧めに応じて始めた動物物語だったが、自由な戦後社会で創作をするにも、椋が本領を発揮できる場だったのである。

一九四七年四月、久保田は加治木高等女学校の教頭に就任した。

そして同年十一月、請われて、鹿児島県立図書館長に転身することになった。

椋鳩十としての作家活動と、なおも二足の草鞋が続く。

戦中から戦後へ。変わらぬパラダイス、屋久島

傍目には、多忙で充実した日々送っているように見えたことだろう。

だが、戦後社会のありように、椋が手放しで満足していたわけではない。

戦争中から抱え続けた憂鬱と苦渋は、背景の色を変えながら、なおも椋の胸を悩ませ続けた。戦前戦中とは一八〇度も違う価値観の転換や、物質万能主義に拝金主義、人心の荒廃など、いわゆる「アプレ・ゲール（戦後的）」なるものが大手を振ってまかり通るさまに、椋はなじめず、心が落ち着かなかった。

死が礼賛され、生命《いのち》が粗末に扱われる戦争の時代につのらせた社会への違和感が、なおも椋の胸を締めあげ、平和の時代になっても、煩悶がやみはしなかった。

その切れ目のない重い雲の圧迫から逃れるように、椋はやがてひとつの理想郷を見出す。屋久島であった。

少し後になって書かれたものになるが、『海上アルプス』（ポプラ社　一九七五年）という屋久島について書いた児童向けのノンフィクション風の本のなかに、椋自身の言葉で、島に惹かれた経緯が語られている。

——戦争が終わっても、戦争中と、同じように、世の中は混乱し、いらいらした時代でした。

私は、戦争中、鹿児島市から遠くはなれた、加治木という小さな町に暮らしていました。

戦いの末期になると、そんな小さな町にも、毎日、何回も、空襲があって、爆弾がおとされたり、民家に向けて、機関銃が、撃ちこまれたりするのでした。

そのたびに、命がけで、防空壕の中ににげこむのです。

それは、夜明け方、昼、夜をとわず、時間など、おかまいなくやってくるのです。ゆっくりと夜も眠られないのです。

朝、目をさましたとき、夜、床にはいるとき、「ああ、まだ、命があったのか。」と、思ったりするほどでした。

田舎に暮らしていても、こんな思いがするのでした。

戦いが終わったあとも、まだ心の奥に、この思いがしみこんでいました。道をあるいて、飛行機の爆音ににた音を聞いたりすると、胸にキリキリとした痛みを感じて、空を見上げたりするのです。

それに、そのころは、たいへんな世のなかでした。

食べものという食べものが、突然に、日本列島から、ばたっと、姿を消してしまったのです。

どこへ行っても、おなかを、ペコペコに、すかしている人たちばかりでした。

ところが、ないはずの食べものが、お金をたくさんだしたり、売り手のほしがっている品を積めば、からっぽだと思っている箱の中から、手品師が、いろいろな品物を、ひょいひょいと出すように、お米でも、シャツでも、ダイコンでも、突然に、姿を現わすのです、
だから、また、物のねだんも、どんどん、どんどん、あがっていきました。一日、寝て起きれば、もう、物のねだんが、あがっているのです。

おかね、おかね、おかね。もの、もの、もの。と、世の中は、血まなこになって、さわぎたてているのでした。

私は、こういうさまざまなことの、まじりあった、大きな嵐に、もみくちゃにされて、自分自身の生き方を、失ってしまいそうになるのでした。

そんな時に、私は、ふと、屋久島の温泉宿のことを思い出したのです。ほんとに、突然、その宿のことが、頭に、うかんだのでした。――


屋久島について語るに、戦争中になめた辛酸から書き起こしている点は、注目する必要がある。

戦後になっても、飛行機の爆音に似た音を聞くと胸が痛むなど、戦争の後遺症となる神経症的な症状まで現れたという。今なら、ＰＴＳＤと呼ばれる症状だ。にもかかわらず、戦後社会は「金、金、金。物、物、物」という、えげつなさ丸出しの体《てい》たらくなのである。

傷ついた心の向かった先が、屋久島だった。椋にとって屋久島は、戦中から戦後へと一貫して、胸を締めつける世の煩わしさから逃れることのできる、別天地、パラダイスだったのである。

椋が初めて屋久島を訪れたのは、一九三三年のことだったという。ちょうど、『鷲の唄』が刊行後一週間で発禁になった年である。

以来、生涯に四十回ほどもこの島を訪ねたというのだから、お気に入りなどという言葉では言い尽くせない、格別な魅力を感じたのだろう。

——屋久島は、私のたいへん好きな島です。（『海上アルプス』あとがき）——

——屋久島は、すばらしい島だ。（『ヤクザル大王』）——

島を讃える、手放しのおのろけのような言葉は、椋の書き物のあちこちに散見される。

屋久島は、鹿児島市から南に約一三五キロ、東シナ海に浮く島である。

周囲一三〇キロの島ながら、天を突くような、千メートルを超す山々が三十あまりも存在する。そのうちの、標高一九三六メートルの宮之浦岳は、九州最高峰の山になる。島の面積の九割が森林で、海岸から山々の頂きに至る過程で、垂直分布により、亜熱帯から温帯、寒帯にいたる多様な植物が繁茂する。

樹齢千年を超す「屋久杉」と呼ばれる杉の古木が数多く生育し、中には樹齢三千年、ないしはそれ以上と推定されるギネス級の名木もある。

「世界一めずらしい杉の島」だと、椋はほめちぎった。

動物も、野生のヤクシカやヤクザルなどが生息し、その数はそれぞれ島の人間とほぼ同じだという。

「人二万、サル二万、シカ二万」と、椋は書いている。

戦時中、椋は「少年倶楽部」に発表した動物物語で、生命《いのち》の尊さを説き、生きることの素晴らしさを訴えてきた。

その椋にとってみれば、豊かな自然に恵まれ、野性の輝きに満ちた屋久島は、生命の息吹を集約的に感じることのできる、桃源郷のような聖地だったに違いない。

屋久島を描く代表作「片耳の大鹿」

足しげく通った屋久島を舞台に、椋は四つの主要作品を残している。「片耳の大鹿」、「チビザル兄弟」、「海上アルプス」、「ヤクザル大王」――。

とりわけ、一九五〇年の「少年」十月号に発表され、翌五一年に単行本になった「片耳の大鹿」は、椋作品全体のなかでも傑作のひとつとして知られ、文部大臣奨励賞を受賞した。戦後の作家としての道を決定づけたともいえる、メルクマール的な作品となったのである。

物語の主人公は、屋久島に住む野生の大鹿である。

かつて猟銃で撃たれたために片耳しかないが、知恵と勇気に恵まれた「えらぶつ」である。「えらぶつ」とは、特に傑出した動物を形容する言葉で、「山の太郎熊」の「太郎」以来、「大造爺さんと雁」の「残雪」など、椋が好んで描く動物の主役たちである。

屋久島でこのような物語が生まれたのは――、そして、そのことが屋久島を頻繁に訪ねる大きな理由でもあったのだが、島のベテラン猟師、佐々木吹義氏と知り合ったからだった。

老狩人から、猟で出会った動物とのいろいろな逸話を聞くのが楽しく、何日も佐々木氏の家に泊まりこんで、その話に耳を傾けた。実際の狩りの現場にも案内してもらい、山深くを、ともに歩いてまわった。

大鹿の話を佐々木氏から初めて聞き及んだのは、一九四七年の初冬のことだったという。

早速に、その舞台である永田岳（一八八六m）を目指そうとするが、容易ではなく、まずは永田岳を望む七五岳（一四八八m）に登ることにした。

しかしそれでは満足せずに、時を改めて島を再訪し、山中に一泊して、永田岳に登ることを果たす。

「片耳の大鹿」が「少年」誌に発表されたのは、一九五〇年になってのことである。

三年をかけて、現地の取材、調査を重ね、じっくりと構想を練って、椋一流の物語に仕上げたのだった。

「片耳の大シカ」
（偕成社文庫　1975）

物語の概要を紹介しよう。

なお、物語のタイトルでは「片耳の大鹿」と「鹿」は漢字が使われているが、本文では「シカ」とカタカナになっているので、ここではそれに従うことにする。

屋久島に、吉助おじさんという鹿児島まで聞こえた狩の名人がいた。

吉助おじさんから、シカ狩りに誘われた「ぼく」は、冬の屋久島まで出かけてゆく。

早速二頭の狩猟犬をつれ、銃をかついで、山へシカ狩りに向かった。

シカが時折現れては、転げまわって体についたダニなどをとる「ぬた場」を見つけて、シカが近くにいることを察した吉助おじさんは、犬を放ち、シカが必ず通るという立ち枯れの杉の大木のもとに現れるのを待つ。

ところが、シカの群れに裏をかかれ、狩りは失敗する。

「えーい、くそっ、片耳の大シカだ」

と、吉助おじさんは悔しがる。

「片耳の大シカ」とは、群れを率いるリーダー格のシカで、四、五年前に鉄砲で撃たれて片耳になっているが、知恵に富み、狩人たちのやり口を覚えて、いつもその裏をかいては、群れを守る。

シカ狩り名人の吉助おじさんも、この片耳の大シカだけには地団太《じだんだ》を踏む思いを重ねている。

狩り仲間の次郎吉が、犬を連れて現れた。彼も、片耳の大シカを見かけたという。

吉助と次郎吉は、互いに谷の上と下とで待ち構え、挟み撃ちにして片耳の大シカをしとめようともくろむ。

だが、天候が急変し、猛烈な豪雨が押し寄せてきた。千メートルを超す山々の岩間という岩間が、にわかづくりの滝となって、白いすだれのように雨水を流し落とす。

雨と風と、そして寒さに耐えきれず、吉助おじさん、次郎吉、「ぼく」の三人は、霧がほらの洞穴《ほらあな》に避難することにする。

崖の中腹の洞穴になんとかたどりつくと、三人はずぶ濡れの服を脱ぎ、それを絞って、互いの体をこすり合った。

しかし、冷えきった体はその程度のことでは、ぬくもりはしない。ふと、このまま死ぬかもしれないとの思いがよぎった。

その時、同じ洞穴のなかに、三十頭近いシカの群れと、十五、六頭のサルが、互いに固まり、身を寄せ合って雨宿りをしているのを見つけた。

吉助たち三人は、シカの群れのなかにもぐりこみ、冷えきった体をシカの体に押しつけ、暖をとる。

あたたかさが眠気を誘い、やがて三人は眠りに落ちた。

いつしか雨がやみ、鹿の群れは洞穴を出て谷間を降りて行く。

その先頭には、片耳の大シカがいた。

次郎吉が鉄砲を向けようとするのを、「ぼく」が思わず叫ぶ。

「あっ！　よしなよ、次郎吉さん。あの片耳の大シカのためにきょうは命がたすかったのじゃないですか」――。

吉助おじさんもうなずいて、次郎吉の肩をたたいた。次郎吉もうなずいて、銃を置いた。

嵐はやみ、太陽が輝いた。

雨上がりの新しい光を背に浴びて、片耳の大シカは群れを率いて谷を下り、やがて杉林のなかに姿を消した……。

「金色の足跡」から「片耳の大鹿」へ

物語の語り部ともなる「ぼく」は、まるで椋自身が少年に返ったかのような存在である。そして、吉助おじさんには、屋久島のベテラン猟師、佐々木吹義氏の面影が確実に投影されているのだろう。

威厳に満ちた片耳の大シカの姿は、大自然の崇高さそのものに映る。

ラストのクライマックスは、生命を助けてもらった片耳の大シカに、銃を向けるのをやめるようにと少年が訴えるシーンになるが、このくだりは、一九三九年に「少年倶楽部」に発表した「金色の足跡」とよく似ている。

家に連れてきた子ギツネとの交流を通し、親ギツネの愛情を知った正太郎少年が、床の下に隠れていた親ギツネたちを父親が見つけて、鉄砲で撃とうとしたところを、

「いけない、お父さん、うっては、いけない」

と叫び、父が構えた銃に飛びつくのである。

戦時下に、「撃ってはいけない」と少年の発した叫びが、終戦を挟んで、十一年後にふたたび発せられた。

実は、「片耳の大鹿」が発表される三カ月ほど前に、朝鮮戦争が勃発していた。第二次世界大戦が終わって、平和の時代が訪れてわずかに五年後、ふたたび戦争が、しかも米ソなど大国を巻きこんでの世界戦争が始まったのだ。

戦後まもなく、飛行機の爆音を聞くとトラウマが呼び起こされたという椋の胸に、悲痛が蘇ったとしても不思議はない。

物語の表層には露わになっていないが、隣国で始まった新たな戦争が、この物語にも微妙な影を落としているのだろう。

あるいは、戦争に象徴される人の世の影、人心の闇の対極にあるものを、屋久島に描こうとしたのかもしれない。

しかし――、「片耳の大鹿」という物語の生命《いのち》は、そこに留まらない。

この物語の魅力は、「金色の足跡」と同じものを有しながらも――、かつそれは充分に説得力を

もち、感動的であるものの、そこを超えたところに結実している。

この物語の真のハイライト、椋が描き得た珠玉のシーンは、「撃たないで」の前、洞穴での人獣同居の雨宿りの場にある。

大嵐の危機的状況にあって、この世に生をつなぐ者同士、シカと人間が体を寄せ合って難をしのぐ。

獲物として動物を狙う猟師たちが、ここでは、逆に動物たちに救われる。

作家・椋鳩十の真骨頂となるシーンは、次のように書かれている。


——ぼくたちは、はじめは、おどろいて、そのシカのね姿をみていたが、そのやわらかそうな毛なみが、そのかわいてあたたかそうなからだの色が、ぼくたちの、生きたい、生きたいという気持を、むしょうにかきたてて、ぼくたち三人は、むちゅうでシカのむれの中にとびこんで、そのぬくぬくしたからだにまきつくと、ぼくたちの冷えきったからだを、ぐっとおしつけた。

シカたちは、べつにさわぎたてもしなかった。

なんという、よい気持だろう。ほのかなぬくみが、野性のシカたちの毛皮をとおして、ぼくたちのからだに、心よくしみてくる。これで、ぼくたちは、こごえ死にから救われるという安心のためか、つかれて、冷えきったからだに、てきどのぬくみをえたためか、ぼくたちは、いい音楽でもきいているような、うっとりした気持で、そのまま深いねむりにおちていった。——

なんとも印象的な場面である。

吉助おじさん、次郎吉、「ぼく」の三人は、びしょ濡れになった服を脱ぎ、裸身でシカの体に身を寄せる。

生き物の肌と肌が触れ合う。ぬくもりが、じかに伝わり合う。

生きたい、生きたいという生物としての本能によって、人とシカが結びつく。

人と動物の境をも超えた、生命の調和が奏でられる。懸命に生きる者同士、生命の鼓動が聞こえてくる。

どこか、エロティックなイメージさえある。が、それは男女の性愛につながるものではなく、野性のなかの生命そのものに求心的に迫る、ぬめぬめとした情感なのである。

動物と人間との境界がない点は、古代の神話的な世界を連想させる。

それはまぎれもなく、太古からの生命をはぐくむ、屋久島ならではの物語に違いない。

戦後の椋は、この作品によって、新たなステージにジャンプした。

皮肉なもので、椋の動物物語は、戦時下の時局との緊張のなかで、研ぎ澄まされ、磨かれた。

戦後、再開した動物物語ではあったが、正直、質という点で言うと、戦時下の作品になかなか及ばないという面もあった。

それが、この「片耳の大鹿」によって、一躍、蝶がさなぎから脱皮するように、かつてない物語の高みへと飛翔した。

屋久島との幸福な出会いが、感動に満ちた生命の物語を誕生させたのである。

屋久島。千年の生命の島

生命《いのち》の尊さを謳ってきた作家が、生命の島で、息を吹き返した。

屋久島の山々を歩きまわったという椋にはとても及ばぬながら、私も現地を訪ね、文献的なアプローチだけでなく、屋久島の魅力をわが身でつかみたいと思った。

椋がこの島から得た霊泉とでも言うべきものを、見定めたく願ったのである。

屋久島は、全島面積の二十一パーセントが世界自然遺産に指定されており（登録は一九九三年）、かつては盛んだったという杉の伐採が禁じられるなど、自然保護が島の観光と軌を一にしているところが、頼もしい。

屋久島の深い森に、今ではハイキングコースが設けられ、太古からの原生林の雰囲気を、一般の人でも味わえるようになっている。

私も、白谷雲水峡やヤクスギランドの森を歩き、千年の時を生きる木々と呼吸をともにした。

胸を熱くしながら、椋もまた、このような体験を山と積んだのであろうと思った。

苔に覆われた山路を一歩一歩踏みしめて行くのが、ひどく心地よい。

森の奥深くに進むにつれて、何か途方もなく巨大な生き物の体内へと足を踏み入れるような迷宮感覚にもとらわれた。

島で最も古い杉とされる「縄文杉」まではたどり着くことができなかったが、樹齢約三千年といわれる「弥生杉」や「紀元杉」、樹齢約一八〇〇年の「仏陀杉」などの古木を、間近に仰ぎ見ることができた。

いずれも、「神木」という言葉がいかにもふさわしい、神々しいまでの威厳と崇高さに満ちていた。

屋久杉（紀元杉）

また、西部林道を歩くと、野生のシカやサルに会うこともできた。

屋久島を訪れるたびに、森や谷など、島の懐深くに足を踏み入れ、生命の息づきに魅せられていった椋の心情に、少し近づくことができたように思った。

森のなかでは、屋久杉の倒木の幹から、新たに芽を吹きだした苗を、いくつも見た。

「倒木更新」と言うのだそうだが、雷に打たれるなどして倒れた朽ち木に、杉や他の植物の種が植わり、そこから、新たに大樹を目指して育ちゆくのである。

まさに、生命の再生の神秘の現場が、目の前にあるのだ。

感動が胸をひたすと同時に、人智を超えた、峻厳な自然の法というものを、教わる気がした。

生命の再生という点では、「大造爺さんと雁」が生まれた三日月池も、そのような場であった。

屋久島は、さらに大きなスケールでそのことを教え、壮大な生命のサイクルに招じ入れてくれる。

千年の森は、戦争など、こざかしい人間の犯す愚かな行為には微動だにしない、永劫なる生命の聖殿を構えているのだった。


――何回いっても「ああ、来てよかったなあ。」という思いがするのでした。（『海上アルプス』）――

何度行ってもよい所だと椋が語った真意は、何度行っても、触れ、感得することのできる真実が存在したということだろう。

酒場の君　武塲麻衣子

本体1,500円＋税　978-4-86385-632-5

加藤ジャンプさん（文筆家・コの字酒場探検家）推薦！

「酒場はいいなあ……『酒場の君』を読んだらしみじみと思いました。すこし困ったのは読んだらすぐに呑みに行きたくてそわそわしてしまうこと。されど、そのそわそわもまた、実に心地よい、いや、心地酔いのです」

「私はこの夜をきちんと覚えておこうと思った」
私家版ながら大きな話題を呼んだ『酒場の君』が書き下ろしを加えてついに書籍化！　文筆家・武塲麻衣子待望のデビュー単行本となるエッセイ集。

読書の終り　明け方の光　米本浩二

本体1,600円＋税　978-4-86385-633-2

小説読みの愉楽　石牟礼道子の生涯に鋭く迫った評伝で注目される米本浩二はどんな本を読んできたのか。自らを漫画の申し子と呼び、小説家を夢みた青年は、毎日新聞学芸部記者を経て、ノンフィクション作家に。選りすぐりの優れた文学エッセイ・評論集。

世間からは無視されている作品であっても、こちらの魂に響いてくる、面白いと感じるものであれば、徹底して愛読していい。フィクションでもノンフィクションでも、面白いと感じるもの、こちらの魂に響いてくるものを読みたい。（本文より）

椋鳩十と戦争　生命《いのち》の尊さを動物の物語に　多胡吉郎

本体2,000円＋税　978-4-86385-638-7

生誕120年　今こそ、椋鳩十ルネサンスを！

『大造じいさんとガン』『孤島の野犬』『マヤの一生』……
数々の動物物語で知られる椋鳩十。戦争の時代を駆け抜けた作家人生と苦渋の日々から紡ぎ出された、愛とやさしさに満ちた物語世界を紐解く。

「椋の動物物語は、戦時下の時局との緊張のなかで、研ぎ澄まされ、磨かれた」（本文より）

ロシア文学の怪物たち　松下隆志

本体1,800円＋税　978-4-86385-629-5

**虚無的な現実を覆う皮膜の下で蠢く怪物たちの饗宴。
間違いない、本書は毒にも劇薬にもなりうる。──木澤佐登志**

ロシア文学は現実の不確かさを読者に突きつけ、世界の裂け目に開いた深淵を露わにする。
『青い脂』（ソローキン）や『穴持たずども』（マムレーエフ）など“怪作”を翻訳してきた著者による「悪」のロシア文学入門。

それは、太古からの生命の息づきである。

神秘のベールにつつまれた、壮大な生命の宇宙である。

島に通いつめた椋は、そのたびに、自然に対する学びを重ね、生命に対する洞察を究めた。

屋久島は、その地を舞台にした作品だけでなく、動物物語を書く椋の思想を深め、作品を豊かに熟れさせる、宝の島だったのである。

第七章

戦争の傷跡から生まれた「孤島の野犬」

「孤島の野犬」像（甑島）

離島への関心。甑島の野犬に惹かれる

戦争は、人間の犯す最大のエゴイズムかもしれない……。そのことを、読むたびに深く考えさせられる椋の作品がある。

『孤島の野犬』――。

一九六三年、牧書房から単行本として出版されたが、「片耳の大鹿」から十三年を経て、椋鳩十が新たな境地に踏み出した傑作である。

戦後の椋の関心の矛先のひとつに、各地の離島があった。

屋久島によって、島の魅力に目ざめたこともあったろうが、手つかずの自然や素朴な人情、野性の輝きなどを求めて、椋は積極的に島々をまわった。

鹿児島県は島の多い土地柄であり、鹿児島県立図書館長という立場が、図書館事業の展開のため、いくつもの離島を訪ねる機会を与えたという面もあった。

だが、椋の離島へのこだわりは、図書館長としての職務をはるかに超えたものだった。

作家精神が離島に何かを嗅ぎつけ、海を越え、旅に向かわせるのである。

屋久島への愛着については前章で述べたが、屋久島に次いで、数多く訪れた島が、鹿児島県の西の洋上に浮く甑島《こしきじま》であった。『孤島の野犬』のタイトルにある「孤島」とは、甑島のことなのである。

椋が甑島を繰り返し訪れた理由は、そこに多くの野犬がいるからだった。

犬は普通、人とともに暮らし、人間との共同生活に慣れた生き物だが、甑島には、江戸時代のころから、人にはなじまぬ野性のままに生きる野犬たちが数多く棲息していたのである。

戦争中は生命《いのち》の尊さと生きることの大切さを描いてきた椋は、戦後になると、「野性」に重きを置き始める。

一九三〇年代、近代文明に浴さない山窩《さんか》の人々を描いて椋は文壇に登場したが、戦争を挟んで、動物物語のなかにふたたび野性を見つめたのである。

人間の驕りによって自然破壊が進むことへの警鐘の意味もあっ

甑島、「孤島の野犬」（偕成社文庫　1975）

たろうし、開発によって失われつつあった野性の神秘を崇敬する気持ちもあったことだろう。

椋が初めて甑島を訪ねたのは一九五二、三年ごろ、甑島開発期成同盟の一員としてであったという。

島で野犬のことを聞き及んだ椋は興味を抱き、とりわけ一九六〇年ごろからは頻繁に訪問を重ねる。五年間に二十回ほども通いつめたという。

県立図書館長として読書指導で甑島を訪れた際にも、夜は村の教育長や宿の主人から野犬の話を聞き、夜が明けると、自らの足で現地を取材してまわった。

そうした野犬への関心から、椋は甑島に実在した軍用犬の話を聞き及ぶことになる。

戦時中、甑島には九州防衛の最前線として軍が駐屯し、電波探知機も置かれていた。兵舎では、軍用犬としてシェパードが飼育されていた。

ところが、戦争が終わると軍は早々に引き揚げ、軍用犬のシェパードは、そのまま島に放置されてしまった。

取り残されたシェパードたちには、野犬との死闘が待っていた。

野犬と戦争と、椋の関心が重なり、作家の創作意欲が大いに刺激された。

『孤島の野犬』は、「王者の座」「消えた野犬」「丘の野犬」という三つの物語からなるが、その中心をなす「王者の座」は、軍から見捨てられたシェパードのナチを主人公とする。

軍用犬として離島に連れてこられ、戦争が終わるや、人間の身勝手によって捨てられ、戦争孤児のような境遇に置かれたナチの「戦後」の運命を描く物語なのだ。

戦争に翻弄された軍用犬の物語「王者の座」

甑島は、鹿児島県の串木野港から船で約二時間、西に五十九キロほど行った先の、東シナ海上に浮く島である。「甑島」とは総称で、実際には、上甑、中甑、下甑の三つの島からなる。

今では川内港から快速艇も運行し、また三つの島が橋でつながるなど、交通の便はよくなったが、椋が訪ねたころは、不便の多い、文字通りの離島であった。

悪天候が続くと、海が荒れ、時には五日も十日も船が出ず、島内にとめおかれてしまうのである。

甑島の最南端、下甑島の手打という集落の近くの断崖の上に、釣掛埼灯台がたつ。

明治になっての建設だが、この場所には、薩摩藩時代から「遠見番所」といって、異国船の到来を監視する見張り所が置かれていた。

灯台は、一九四五年には三度にわたって米軍の空襲を受け、一部が破壊された。離島ではあっても、防衛上の要所だったのである。

戦時中に軍が駐屯し、軍用犬のシェパードを飼っていたのも、この近くだった。

『孤島の野犬』の中核をなす「王者の座」の舞台である。

私が甑島を訪れ、この灯台に足を運んだのは、夏の昼下がりだったが、西にひろがる東シナ海の海原がぎらぎら、てらてらと輝き、いかにも何か、隠された歴史を秘めているといった、もの言いたげな表情であった。

物語のあらましを見よう。


東シナ海の孤島、甑島の下甑に手打という集落がある。

戦時中、ここには軍が駐屯して、軍用犬として五十頭近くものシェパードを飼っていた。エサも充分にもらい、よく訓練もされ、鍛えられたつわものたちだった。

兵隊に連れられて里の集落を訪ねる折などは、その立派な姿を、

「軍用犬だぞ、ほんとに強いんだぞ」

と、子供たちからたたえられた。

まさに、島の犬の「殿様」のような暮らしぶりだった。

ところが、戦争が終わると、兵隊たちはさっさと引き揚げてしまい、数日分のエサしか残していかなかったため、シェパードたちはたちまち飢えに苦しんだ。

少ない食べ物を、奪い合ってあさるさまを、まわりから野犬たちが見ていた。

野犬にとっては、自分たち以外の生き物は、すべて食べ物である。

銃をもつ兵隊たちが去って、怖いものがなくなった野犬は、シェパードを襲って食べることを考え始める。

だが、さすがに五十頭もの群れがいるところを、襲うわけにはいかない。野犬たちはシェパードを群れから離す戦法に出た。

若く動作の機敏な野犬が、巧みに一頭のシェパードに近づき、けんかをふっかけた。けんかを売られたシェパードが、単独で野犬を追い、群れから離れた場所まで行くと、たちまち野犬の群れが現れて襲いかかり、噛《か》み殺してしまう。

野犬たちは、一対一ではシェパードにかなわないことを知っているので、知略をめぐらせた団体行動で、シェパードに対抗したのである。

こうして、たくさんいたシェパードが、一頭また一頭と、野犬たちの餌食になって数を減らしていった。

シェパードのナチも、三十頭近い野犬の群れから襲われる危機に見舞われるが、軍にきたえられた跳躍力を活かして大きな岩の上に飛び移り、からくも難を逃れる。

利口なナチは、野犬たちの動静を窺い、そのやり口を理解する。

他のシェパードたちが次々と襲われるのをよそに、軍用犬のうち、ナチともう一頭だけが生き残る。

里人たちが、兵舎の犬小屋を見に行くと、シェパードの白骨が散らばっていた。

野犬に食い殺されたことを知った里人たちは、軍用犬として強そうに見えたシェパードも、実はたいしたことがないと考える。

最後まで残っていた二頭のシェパードのうち、ナチ以外の一頭は、里に出かけたところを、人間たちから棒で殴られ、息絶える。

ついに、軍用犬は、ナチだけになった。

腹が減ると、里の集落に出かけ、ウサギやニワトリの家畜を襲って食べた。

野犬とも違う新たな家畜あらしの出現に、里人は毒をもった牛肉を置いておいた。

ナチは飢えのあまり、人間の臭いや嫌な臭いに気づきながらも、その肉を食べてしまう。

激しい腹痛がナチを襲い、三日の間、吐き続けた。

吐くものがなくなって、なおも生きていたナチは、人間の臭いのついたものは食べては危険なことを学ぶ。

空腹を抱えてふたたび集落に出向くと、野犬たちがニワトリ小屋を襲うところに遭遇した。

床下に隠れて事態を見守っていたナチのところに、一羽のニワトリが逃げこんできて、ナチはそれを食べる。

そして、獲物をとるには、野犬の群れの後を追ってゆくしかないことを悟る。

こうして野犬たちの後をついてまわるうちに、ナチは野犬の性質や行動様式をすべて理解する。獲物となる他の動物たちの性質も学んだ。

いつも集団で行動する野犬たちが、群れを崩す時がある。

それは、オス犬がメス犬を求める時期だった。オス犬たちが互いに争い、メス犬はその闘いには参加せず、勝利したオスの妻となるのである。

妻とりの闘いを目の当たりにしたナチは、野犬に近づいていった。襲いかかってきた一頭の野犬を、たちまち組み伏せた。

シェパードのナチは、野犬の二倍もの大きさがある。一対一の勝負となれば、負けなかった。何頭もの野犬と、三日も四日も闘い続けたナチは、最後に、群れの頭目の大きな野犬と闘う。一時間も続いた死闘のはてに、ナチが勝つ。

すると、頭目の妻だったメス犬が、ナチの傍らに寄ってきた。他の野犬たちも、ナチの後につき従う。

ナチは、野犬の群れの新たな王者となったのである。

ナチは、兵隊から受けた訓練を活かして、それまで野犬たちの知らなかった挟み撃ちの戦法なども用い、獲物を次々と襲ってはものにし、実力を遺憾なく発揮する。

里人たちが家畜の保護のために柵を設けても、柵を跳び越え、野犬たちを引き入れた。

毒入りの肉を用意しても、ナチには通じない。仲間の野犬にも、食べてはいけないと教える。

別の野犬の群れと遭遇した折には、その頭目と闘って勝利し、その群れも含めた大集団のリーダーとなった。

島の人々から怖れられる野犬王となったナチだったが、ある日、大きなイノシシと闘い、勝利をおさめはしたものの、後脚《うしろあし》に深い傷を負う。

その様子を見た若い野犬の黒犬が、ナチに襲いかかった。この黒犬は、かねてより、頭目の座を狙っていたのである。

傷ついた後脚に噛みついてくる黒犬を、何度も振り払うナチ……。

身体に異常がなければ黒犬に負けはしないのだが、イノシシとの決闘で後脚がきかないナチは、闘いが長引くにつれて弱り、ついには力尽きる。

勝負あったと悟った群れの野犬たちが、ナチに押し寄せ、ひと噛みずつ、ナチの背中や尻に牙をむく。

ナチはうなり声をあげることもなく、王者らしく目を見張って、無言でその辱めをこらえた。

「ウ、オーオー」と、黒犬は勝利のおたけびをあげた。新たな王者の誕生である。

黒犬は、群れの真ん中に腰を下ろし、やがて、スタスタと歩き出した。

野犬の群れは、いっせいにその後にしたがっていく。

――傷ついたナチは、岩の上に坐って、自分のもとから去っていく、野犬の群を、じっと、見つめていました。

首を、ぐっと、もたげて、去っていくものを、じっと、みつめていました。――

軍用犬から野犬の王者にまでなったナチの物語は、このように閉じられる。

動物だけで描写した野性の掟

梗概を見ただけでもわかるように、この物語は、軍用犬だったシェパードのナチを主人公に、動物の世界だけで構築される。

里人たちは登場はするものの、ひとりとして固有名詞を与えられず、ナチなり野犬なりに、主体的にからまない。

これまでの椋の動物物語のように、狩人が動物と渡り合ったり、少年が動物と交流したりと、人と動物の間に橋がかけられることがない。

人間が介入することを拒むような、厳しい野の掟によって、動物は生きる。

懸命に生きるが、生をつなぐためであれば、迷いなく他の動物を襲い、腹を満たす。

作品を支えるリアリズムの質が、これまでになく客観的で、断崖絶壁でも仰ぎ見るかのように峻厳なのである。

甘ったれた感傷や、底の浅いヒューマニズムを撥ね退ける厳しさだが、その先には、自然の崇高さが光を放っている。

野犬に興味をもった椋が、何度となく甑島へ足を運んだことはすでに記した。

だが、実際に野犬を自身の目で確認するまでには、かなりの時間がかかったらしい。警戒心の強い野犬は、そう簡単に人間の前に姿を現さないのだ。

——『孤島の野犬』も、実は、あれは、野犬を扱ったものを描きたいと考えてから、五年間ぐらいたっています。もっとも、野性のものどもは、おいそれと、人間の前に姿をみせてくれないし、やつらの、ウォーという、うなり声を、この耳で受け止め、彼等のギラギラする目で、にらみつけられなければ、こちらの心に、野犬が、しみついて来ないのです。（「私とノンフィクション」「日本児童文学」一九六九年十一月号）——

——小川の土手にあがったとたん、野犬が吠えた。ウオオーと、とてつもない声で吠えた。

頭の先から尻の先まで恐怖が走り夢中で逃げた。おかしなもので、この時を機に急に筆が進んで『孤島の野犬』の物語が完成したのであった。（「野犬の吠え声」「ブックレビュウ」一九八六年四月号）——

実際に現地を訪ねての綿密な取材、調査が、リアリズムの源泉で

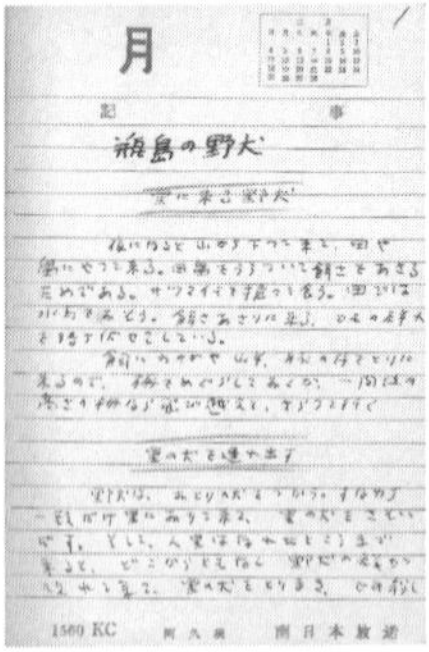

甑島での取材メモと取材ノート（写真提供　かごしま近代文学館）

あることは、いつもながらのことである。

取材に出るごとに、椋は現地で知り得た情報を、大学ノートにメモしていた。

そうした取材ノートが、何冊か、かごしま近代文学館に展示されており、そのなかには、甑島での取材内容をメモしたものもある、

──野犬は、おとりの犬をつかう。すなわち一頭だけ里におりて来て、里の犬をさそいだす。そして、人里はなれたところまで来ると、どこからともなく、野犬の群が現れて来て、里の犬をとりまき、かみ殺し──

物語では、軍用犬のシェパードが野犬に襲われ、一頭また一頭と消えてゆく場面で、このメモが活かされた。

──軍用犬と野犬── 手打には戦時中軍隊が駐屯していて、軍用犬（シェパード）を飼っていたが、終戦の時、そのまま残して行った。すると、二、三日して、あそこの野原、ここの田圃に、シェパードの死骸がごろごろ転がっていた。これはシェパードが野犬にかみ殺されたのであった。

それから一年ほどして、今まで見たこともないシェパードとの雑種の野犬を見かけるようになった。これは、シェパードが全部かみ殺されたのではなく、なにかの理由で殺されずに野犬の仲間入

りしたシェパードがあったのだろうと、村の人びとは言っている。

殺されたシェパード、逆に、野犬の群れに投じたシェパード、一体これはどうしたわけであろうか……。──


島での取材から、物語へと飛翔する過程が見えるようだ。

このメモでは、軍用犬のシェパードが複数いたことを椋が聞き及んだことが明らかだが、実際には何頭が飼育されていたのか、諸説あって、よくわからない。

せいぜい数頭だったという声があり、なかには、一頭だけだったと証言する人までいる。

明確な事実関係は今となっては謎だが、「五十頭近く」とかなりの数にしたのは、椋の想像の羽ばたきによる。

それほどに、戦争に翻弄された軍用犬の話が、椋の胸に突き刺さったと考えてよいだろう。

人間のわがまま、エゴイズムが、戦争を生み、戦争のために動物を利用し、戦争が終わっても、なおも動物をないがしろにするのである。

戦争の犠牲となった軍用犬に寄せる同情や怒りが、五十頭分にふくれあがって、椋の脳裏に渦を巻いていたのだ。

野犬物語のひろがり。「消えた野犬」

甑島を舞台にする野犬三部作である『孤島の野犬』のうち、「消えた野犬」と「丘の野犬」の二作は、人と野犬との交流を中心に描いた、従来から慣れ親しまれたスタイルで書かれている。

特に、「消えた野犬」は読みごたえがある。物語のあらましを引こう。

甑島の行商人・三吉は、さまざまな品物を詰めた大きな風呂敷を背負って、峠から峠を越えて、島の各所をまわる。

ある日、行商に向かう山路で、トラバサミの罠に足を挟まれた若い野犬を、青年二人がこん棒で殴り殺そうとしているのを見かけた。元来犬好きの三吉は、青年に金を払い、野犬を引きとる。

三吉は野犬をヤマと名づけ、裏庭に犬小屋を作り、鎖をつないで飼うことにした。

野犬なだけに初めはなかなかなつかず、三吉は危うく襲われそうにさえなる。

三吉はあきらめず、エサの鶏をヤマに与える際、自分の唾をつけてから、渡してみた。人の唾の匂いのするものを食べることで、次第にその人に慣れるという島の言い伝えに従ったのである。

苦労はしたが、ヤマは次第に三吉になじみ、心を交わし合うまでになる。

行商に出る際にも、三吉はヤマをつれて行き、野犬が襲ってきた時には、ヤマが三吉を助けた。

二年ほどして、里の通りで、かつてヤマを撲殺しようとした青年に出会うと、その記憶を忘れていないヤマが青年に襲いかかり、大けがを負わせてしまう。

青年は、恐ろしい野犬が近くにいては安心できないとして、ヤマを殺すよう、三吉に迫り、村人たちも賛同する。

やむなく三吉はヤマを山深くにつれて行き、野犬の群れに戻るようにと放つが、しばらくすると、ヤマは三吉のところに戻ってきてしまう。

何度か、そういうことが繰り返された挙句、ついには集落の代表から、ぐずぐずしているなら駐在に頼んで犬殺しをさしむけると、最後通牒を言い渡される。

三吉は仕方なく、知り合いの漁夫から借りた発動船で、上甑から下甑までヤマを運び、そこでヤマを放って、ひとり船で引き返す。

しばらくはヤマが海に入って船を追うが、発動船の速さにはかなわず、置いてきぼりにされてしまう。

悲しみのあまり、三吉はしばらく下甑島には足を踏み入れなかったが、やがて下甑での行商も再開する。

そして二年後——、三吉は、年の瀬の行商帰りの下甑の夜の山道で、三十頭近くもの野犬の群れに囲まれてしまう。

木に登り、何とか難を逃れようとするが、野犬たちは三吉が力尽きるのを待って囲みを解こうとしない。木から落ちたが最後、食い殺されるは必定である。

やがて、あたりが明るくなってきた。

そこに、群れのボスらしき、ひときわ大きな野犬が現れる。

しばらく、木の上と下で、三吉と大きな野犬とが見つめ合った。

体はずいぶん大きくなったが、野犬の瞳が、ヤマのものだった。

「ヤマだ。おいヤマ!」

思わず、三吉は叫ぶ。

ヤマは野犬の王者となって、生きていたのだ。

「ウ、オーオー」

山中にビリビリ響くような吠え声があがった。

吠え終わったヤマは、のっしのっしと、林の奥へと引き返してゆく。

その後に従い、野犬の群れも林の奥に去っていった。

木から降りた三吉は、なおもヤマの名をしきりに呼んだが、静まりかえった山から返ってくるのは、かすかなこだまばかりだった……。

「王者の座」は下甑島に限定された話だったが、「消えた野犬」は三島が離れている地理性を、うまく物語にとり入れている。

現在では、甑島三島は橋でつながっているが、中甑と下甑を結ぶ甑大橋（全長一五三三m　二〇二〇年開通）を一望する鳥の巣山展望所に立つと、海が島々を隔てる現実が、手にとるように見てとれる。

壮大なパノラマに息をのむとともに、「消えた野犬」のリアリティが迫ってくる。

上甑からヤマを船で下甑に運び、やむなくそこで放った三吉の悲しみが胸に込みあげる。

人と動物との情愛の通い合いを描くとなると、椋は水を得た魚のようだ。読者もまた、読み慣れた世界に、椋のストーリー・テリングを堪能する。

人間と動物との間の交情と、自然の掟との間の葛藤、相克が、彫りの深いドラマを形づくる。

椋の筆が、人と動物の愛を描く時に余人には代えがたい輝きを放つのも事実ながら、ここには、野性の定めとでも言うべき森厳な世界があるのも確かなことである。これは「王者の座」と共通している。

野性には、野性ならではの尊さがある。人の介入しきれない、野性の神聖さがある。

ラストシーンは極めて印象的で、深く考えさせられる。

久々の再会によって、かつて自分を可愛がってくれた三吉であることを認めつつ、今や野犬の王者となったヤマは、危害を加えることは放棄しながらも、懐かしそうに三吉にすり寄るようなことをせず、威厳をもって林の奥へと去ってゆく。

野性は厳しくも、純粋だ。それゆえに、美しい。

三吉は犬好きで、明らかに善人だが、他の人々との関係に縛られ、翻弄されてしまう。人間たちは、野犬を怖れるあまり、駆除しようとする。恐怖による集団心理で、異物を排斥してしまう。

人間の都合が、野犬の運命を翻弄する。野性を歪め、傷つけようとする。

こうして見ると、一見、人と犬との交流の有無によって、相対しているかに見える「王者の座」と「消えた野犬」が、同じテーマを扱っていることに気づく。

ふたつの物語は、コインの表と裏のような関係なのである。

「孤島の野犬」は日本の戦後を象徴

甑島を舞台にした野犬の三部作の最後は、「丘の野犬」である。前二作がどちらも中編であったものが、こちらは短編になる。

丘の畑の近くの岩の上に野犬がいるのを見つけた松吉は、自分の唾を塗ったおにぎりを与え、手なずける。家につれて行き、アカと名づけ、床下で飼う。

だが、住民たちは家畜が荒らされるとアカのせいにし、鹿児島から来た野犬殺しの専門家は、毒入りの鶏肉を与える。肉を少し舐めただけでも、アカはたちまち苦しみだし、丘の先の林へと姿を消した。

松吉はアカが死んだのかと思ったが、ある日、畑のわきの岩の上にアカの姿を見つける。「アカ!」と松吉は呼びかけるが、アカは林のなかへと去ってゆく。

その後ろ姿を目で追いながら、「これでいいのだ。このほうがいいのだ」と、松吉は涙を流しながら考えるのだった。

一年後、里の家畜を荒らしていた犯人が判明した。それはアカではなく、峠の向こうに住む、ならず者のしわざだった……。


島の農民・松吉が野犬を手なずけ、飼って親しむという設定は、「消えた野犬」に似ており、人間たちによって共生を拒まれるというのも、同質のテーマを奏でている。

ただ、里人たちが恐怖の集団心理で家畜被害をすべて野犬のアカのせいにし、犬殺しの専門家が登場するところなど、人間の行動はより先鋭化し、容赦がない。

この物語も、ラストが実に印象的だ。

野に戻ったアカを松吉が丘の岩の上に見かけるが、アカはそのまま林へと姿を隠す。

その時に松吉がつぶやく「これでいいのだ。このほうがいいのだ」との思いは、胸を刺す。

野性の尊厳はここに極まり、生命《いのち》への崇敬もまた、汚れなき野性が湛えるおごそかな聖性に止揚される。

書きおろしの野犬三部作である『孤島の野犬』の最後に、このくだりが置かれたのも、腹に落ちる。

人智が侵すことなどできない、自然の威厳を、椋は甑島の野犬を通して訴えているのだ。

自然を軽視したり、人間が傲慢になったりという、時代の風潮を、椋は鋭く感じとって、物語にまとめたのだろう。

三部作をすべて見通したところで、最初の物語「王者の座」が終戦の不始末から始まったことを、思い返さざるを得ない。

軍用犬だったナチは、戦争孤児のようなものだと、先に書いた。戦争に翻弄され、何らの支援もなく、戦後を背負わされた存在だったのである。

その視点を敷衍《ふえん》すれば、『孤島の野犬』とは、甑島という離島を舞台にした、日本の戦後史そのものへの糾問なのである。

戦争以来の日本の歩みを、野犬という動物から逆照射した連作物語だったのだ。

高度経済成長はすでに始まっていた。しかし、その反動も、社会のいろいろなところに現れてきていた。

自然破壊、公害……。

椋は、野犬の輝く瞳のなかに、それらの問題を映しこんでいたのかもしれない。

かつて野性に生きる山の民の暮らしを活写した山窩《さんか》物語によって、軍国主義に向かおうとする社会に、自由な風を吹きこもうとした椋であった。

それから三十年、今度は野性の掟のままに生きる野犬たちを描くことで、人と自然の根本的命題を問い、戦後社会に突きつけている。

野犬の主人公たちは、物語のクライマックス・シーンで、「ウォーオ」という雄たけびの声をあげる。

山に響くその吠え声が、椋の筆では、どこか野性の挽歌のようにも聞こえる。威厳に満ちた島の野犬たちも、時の移り変わりのなかに、変質を余儀なくされていることを、椋自身が悟っていたからかもしれない。

現在の甑島に、もはや野犬はいない。

日本の戦後を象徴する物語となった『孤島の野犬』は、一九六四年に、サンケイ児童出版文化賞、国際アンデルセン賞国内賞を受賞。作家・椋鳩十の代表作となった。

第八章

戦争が人の心を狂わせる。「マヤの一生」

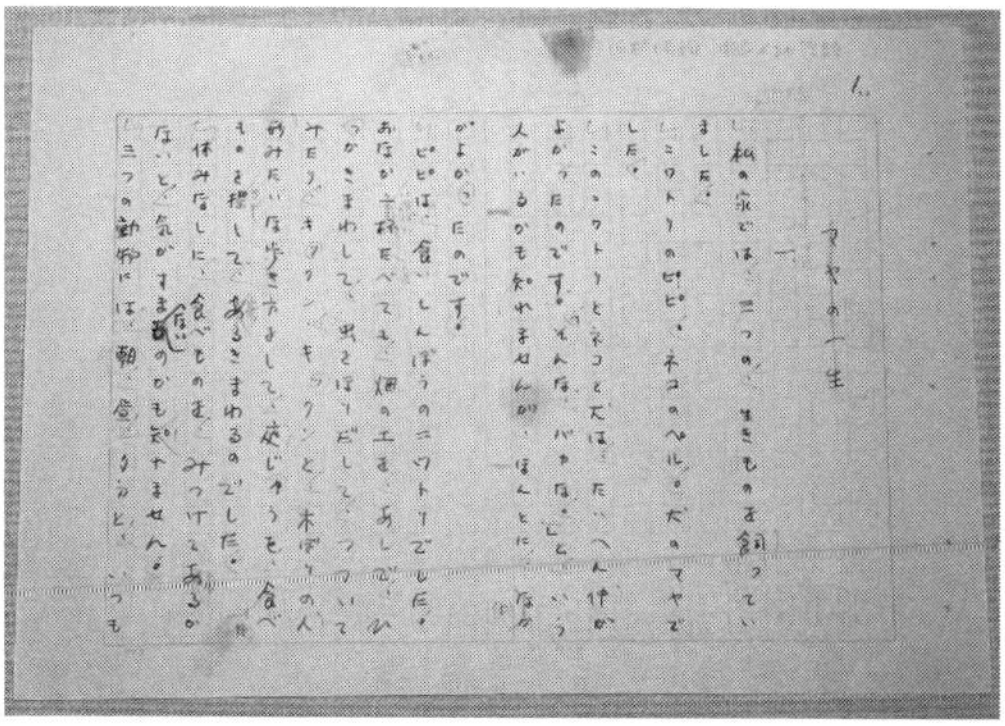
マヤの一生

一

私の家では、三つの、生きものを飼っていました。

ニワトリのピピ、ネコのペル。犬のマヤでした。

このニワトリとネコと犬は、たいへん仲がよかったのです。そんな、バカな。と、いう人がいるかも知れませんが、ほんとに、仲がよかったのです。

「マヤの一生」原稿（複製）
（写真提供　かごしま近代文学館）

戦争を書いた動物物語の集大成

——マヤは、ほんとに、りこうな犬でした。

今、二十何年もまえに、わたくしどもから、永久にはなれていってしまった、マヤのことを考えても、マヤの鳴き声が、はっきり耳の底によみがえってくるほど、マヤは、わたくしたちの心の近くにいた犬でした。

わたくしたちは、ほんとに、マヤを家族の一員と考えて、長いあいだ、いっしょに、暮らしたのでした。

そのマヤも、人間と同じように、戦争のもたらす、暗く悲しい運命からのがれることができませんでした。

マヤのことを考えると、ほんとに胸が、キリキリと痛むのです。

わたくしは、このマヤにささげる物語を書きたいと、長いこと考えていました。今、ようやく、その願いをはたすことができました。——

一九七〇年、書きおろしの単行本として、大日本図書から出版された『マヤの一生』の冒頭に置かれた椋の文章である。

この一作で単行本になっているので、椋作品としては例外的に長い物語だと言える。

椋鳩十と戦争というテーマで、人々がまっ先に思いだすのは、広く世に知られたこの物語であろう。多くの版を重ね、いろいろな人が絵を添え、一九九六年にはアニメ映画にもなった（神山征二郎監督）。

また、戦争を描いた椋作品のなかにあって、集大成となる作品でもあった。

いつか書きたい、書かねばならいとの思いを長く抱えた挙句、戦後二十五年にして世に出た物語なのである。椋鳩十、六十五歳の作になる。

一九四七年から勤めた鹿児島県立図書館長の職は一九六六年に退任し、その後は鹿児島女子短期大学の教授についたが、このころになると、本名の久保田彦穂とペンネームの椋鳩十の線引きが

『マヤの一生』
（講談社文庫　1979）

曖昧になり、図書館長、短大教授の久保田が動物物語を書く作家の椋であることは、誰もが知る事実となった。

図書館長時代に提唱した「母と子の二十分間読書」運動は、地元だけでなく、全国的にも大きな注目を浴びたが、一九六一年に刊行された『母と子の二十分間読書』（あすなろ書房）という本が椋鳩十の名で出されたのは、その端的な例になろう。

図書館長時代の最高傑作が「孤島の野犬」であり、女子短大教授になっての代表作が「マヤの一生」であるとも言える。

国際アンデルセン賞国内賞、赤い鳥文学賞、児童福祉文化賞らの賞に輝き、椋鳩十の全作品のなかでも、「大造じいさんとガン（大造爺さんと雁）」と並ぶ有名な作品となった。

さて、序文として示された椋の言葉で明らかなように、この物語は、自身の家で飼われていた愛犬マヤの運命を通して、戦争の悲劇を描いた作品である。

長年の間、構想されたものであることも、序文で述べられていた。

ただ、戦争の悲劇を描くと宣言されながらも、「マヤの一生」は、反戦一色の、主張が前面に出た書き物とは違う。

椋が書き続けてきた人と動物の間に交わされる愛の物語としても、円熟の境地を見せる作品となった。

家族の歴史に動物が不可分に関わり、そこに戦争という魔物がどう押し寄せてきて悲劇を生むのか、椋はわが身と家族におこった事実をもとにしながら、不朽の名作を書きあげたのである。

物語の前半は人と犬との愛情物語

冒頭の序文の後、いよいよ物語を始めるにあたって、椋はまず、自宅で飼育していた三種類の動物について語りだす。

――わたくしの家では、三つの、生きものを飼っていました。ニワトリのピピ。ネコのペル。犬のマヤでした。――

これらの動物を観察していると、異なる種の動物同士の間に、友情や助け合いがあることに気づく。時にはいさかいもあるが、「人間の争いより、美しい」し、「争っていても、どこかに、思いやりのあるような争い」であるように感じられた。犬とネコとニワトリが、互いに「家族のものたちだという気持ちで、結ばれている」ように思えたのである。

動物間の情愛について触れた後、椋はさらに過去にさかのぼって、犬のマヤが家に来ることになった由来を書き起こす。

マヤは、熊野の狩人から送られてきた犬だった。

家についた時にはまだ子犬だったが、その日から、次男が自分の懐に入れて特別に可愛がる。次男は三兄弟のうち、最も気弱でのんきな子だった。それがなぜか、マヤに関しては他の兄弟に譲らず、懐でおねしょをされるような目にあっても、かいがいしくマヤの面倒を見る。

マヤも、家族のうち次男によくなつき、寝る時も次男の布団にもぐりこんだ。

やがてマヤは大きくなり、土間に暮らすようになるが、次男が学校から帰ってくる音を聞きつけると、大きな鳴き声を立てる。

次男がめそめそと泣きながら帰ってくれば、次男に跳びついて、涙の流れる頬をぺろぺろとなめた。

運動会の徒競走で次男がびりになりそうになると、マヤが校庭に飛び出していって、ヒモを次男に引かせて自分が先導し、三位に入賞する……。

物語の前半は、このように、戦争とは全く無関係に、マヤを中心とする動物たちと家族たちの交流が丹念に描かれる。

とりわけ、次男とマヤの間にかわされる無垢な情愛は微笑ましく、生命《いのち》のこだまし合う世界に、ほのぼのとした気持ちが満ちる。

椋はこうした構成の狙いを、次のように綴っている。

――悲惨な戦争で人間の心がすさんでいく様子を描いた小説を、できるだけ戦争を表に出さないようにして書いた。それはなぜか。戦いを表に出さないようにして、戦争のことではないと思って読んでいくうちに、いわゆる抵抗の扉を開かせながら、戦争とは何かということをズーンと感じさせたい。初めから戦争をもっていくと、抵抗ができてしまう。描いていくうちに、戦争とは何かが浮かび上がってくるようにと思った。そして、ある家族内の人と犬との愛情という問題で、戦争を描こうとした（「自作を語る」「子どもの本棚」二十七号　一九七九年）――

愛情物語をたっぷりと味わった読者は、いつしか、マヤという犬に家族同様の親近感を抱く。人と動物との平和の景色に、かけがえのない尊さが輝くのを知るのである。

物語の後半、戦争の悲劇がマヤを襲う

物語の後半、美しい生命《いのち》のハーモニーは、戦争によって無残にも砕かれる。

――満州事変が起ったのは、昭和六年でした。これは、満州の、ほんの一角に起った、小さな、ごたごたくらいに、考えていました。

まさか、これが、大きな戦争にまで、発展していくとは、わたくしたちは考えませんでした。（中略）

ところが、気がついたときには、わたくしたちは、第二次世界大戦という、はげしい戦争の中に、まきこまれていました。

わたくしの住んでいた、小さな町でも、毎日、毎日、人びとに見送られて、若い人たちが、戦地に向けて出発していきました。——

はるか遠くの地で起きた小さな衝突がやがて大きな戦争に発展し、自分らの暮らす小さな田舎町も、否応なく戦争に巻きこまれる。

その結果が、物語の後半の中心を占める、愛犬マヤにふりかかった不幸につながっていく。

戦時下の悲劇を伝える物語後半への転換に提示された、戦争にいたる時代の軌跡の客観的な叙述が、一九三一年の満州事変から書き起こされているのが注目される。

一九三二年には「満州国」建国。翌三三年には国際連盟を脱退。

そしてこの年、山の民を描いた小説を集めた椋の初めての作品集『山窩《さんか》調』が、自費出版されたのである。

椋鳩十という作家が、戦争の時代を生き、そのなかで物語を紡いできたことを、改めて思い起こさせる。

椋自身の意識のなかにも、そのような認識があったものだろう。

作家人生とともに月日を重ねてきた時代の闇が、この先、平凡な家族の小さな一員であるマヤに、集約的に襲いかかることになるのである。

一九四三年ごろから、戦争の影響で食糧事情が悪化し始める。椋の家でも、サツマイモ（葉と葉柄を食す）やカボチャを庭に植えたり、川でハエやモロコを釣ったりして、食料の足しにする。

食糧難は悪化を続け、やがて、飼い犬に貴重な食物を与えるなど言語道断だとして、飼い犬を「供出」するよう、命令が下る。「供出」とはすなわち、殺処分されることになるのである。

椋は案を講じ、犬は「戦地に向かう、青少年のために書く、物語の研究材料」であるとして、特別に飼育を許してもらえるよう警察署長に嘆願書を書き、抵抗を試みる。

いったんは、それで先延ばしにされたが、警察官や集落の世話役は例外を認めず、マヤの「供出」を求めて、何度も家にやってくる。

その間にも犬の「処分」は続き、ついには集落で、マヤだけが生き残っている犬になった。

子供たちまでが、「非国民」の子として白い目で見られてしまう。

すると、子供たちは棒で切り合いの真似をし、傷だらけになりながら、父に訴える。

――「いつまでも、犬を出さない家の子どもは、非国民の子どもだって、学校で、みんながいうのだ。マヤを、殺さなくたって、非国民でないことを、みんなに知らせてやるんだ。戦いに、うんと強くなって、いちばん先に、敵の陣地に、突撃して、いちばん先に、戦死してやるんだ。今に、みておれ。もう少し大きくなって、兵隊になったら、マヤを殺さなくても、非国民でなかったことが、みんなにわかるんだ。」――

最後は、主人（椋）の留守の隙に、警察官、世話役ら、大人たちがマヤを広場に連れ出し、ともに出向いた次男と三男の目の前で、マヤの頭に棍棒を振り下ろす。

キャンという悲痛な叫び声をあげ、マヤは広場横の藪の前に倒れこむ。ショックで高熱を発した次男と三男は、帰宅するなり、寝こんでしまう。その夜、マヤの声がすると言って、次男が起きあがる。

外に出てみると、離れの靴脱ぎ場で、マヤが次男の下駄の上に頭を乗せ、こと切れていた。

殴打されて瀕死の状態のなか、マヤは最期の力をふり絞って、何とか家までたどりつき、愛する次男の匂いのする下駄のところで息絶えたのだった……。

戦争によって、家族の、そして読者にとっても愛の対象であったマヤが、無残にも殺されてしまった。

椋の本では触れられていないが、実は、軍用犬を除く飼い犬の「供出」

愛犬マヤ（初代）と子供の写真
（写真提供　かごしま教育文化振興財団・かごしま近代文学館）

は、加治木だけでなく、全国で見られたことだった。

それらは、在郷軍人会や隣組など、国家による戦争遂行を草の根で支える人々によって導かれ、煽られていった。

殺処分となった犬の数は、正確には把握できないというが、おびただしい数の犬が犠牲となったのは間違いない。

マヤはマヤだけの話でなく、事実として、日本全国に無数の「マヤ」が存在し、生命を落とすことになったのである。

マヤの物語には先行作品があった

マヤは、椋の家に実際に飼われていた犬である。

このマヤが登場する椋の動物物語は、実は「マヤの一生」が初めてではない。

一九五八年に書かれた「熊野犬」と「のら犬マヤ」、一九六〇年代半ばに発表された「よわい犬」(「弱い犬」とも)と「マヤとはなこ」など、いくつかの先行作品がある。

これらはすべて短編小説だが、そのうち、「マヤの一生」へ流れこんだ源流という点では、「熊野犬」と「のら犬マヤ」の二作品が重要になる。

「熊野犬」では、妻や子供らが里帰りをしてひと月ほど留守をしている時に、東京の日本犬専門店から熊野犬の子犬が送られてきたところから物語が始まる。

家に着いたその日には、子犬を懐に入れ、寝る時にも布団に入れてやるなど、「私（椋）」は、子犬を可愛がる。マヤと名づけた。

最初に世話したのが自分だったせいか、マヤは大きくなっても「私」になつく。

土間にミカン箱を置きワラを敷いて寝場所を作ったが、夜になると、土間からそっとあがりこんで、「私」の寝ている次の間にやってくる。

大掃除の際に、妻がふざけて、畳をたたく青竹で「私」の肩をこつんとたたくと、マヤはものすごい形相で妻に向かい、ううぅと吠えたてるのだった。

戦争の進行とともに、食糧事情が悪化し、軍用犬以外の飼い犬はすべて処分するようにとのお触れが出て、警官が犬殺しをつれて、各家をまわった。

「私」は、「(マヤは)生態研究のために飼っている犬で、いかに戦争でも、学問は必要なんだから、殺すことはできない」と主張して、抵抗を続ける。

やがて、マヤが地域で生き残る最後の犬になった。

子供たちが目に涙をためて学校から帰宅した。そして、みんなから非国民と言われたと、泣きながら訴えた。

結局、マヤは、犬殺しと警官に引き立てられて行った。

学校から帰ってきた子供たちが、異変に気づき、父に知らせる。

勝手の入り口の板戸の前に、瀕死のマヤが横たわっていた。頭の右側に血が滲み、目もまっ赤だった。

「おい、マヤ公?」と、「私」が声をかけると、マヤはかすかに前足を動かそうとしたが、すぐに息絶えてしまった。

処理場で強打されたものの、最期の力をふり絞って、家までたどり着き、こと切れたのだった……。

前半に人と犬の交流を描き、後半に戦争の悲劇をもってくる構造は、「熊野犬」が「マヤの一生」の雛型となったことを示している。

ただ、マヤと人間との関わりは、著者自身である「私」との関係を主軸としており、子供たちは脇役でしかない。のろまで泣き虫の次男とマヤとの間の愛情も、ここには登場しない。

マヤの死に至る結末は「マヤの一生」と同じ状況を呈するが、ディテールは微妙に異なる。全体としての物語の成熟度は「マヤの一生」とは比べようもないが、ともかくも、一九五八年という比較的早い段階で、椋は戦時中の愛犬の悲劇を物語化する試みに挑んでいた。まだ、「孤島の野犬」を手がける前になる。

同じ年に発表された「のら犬マヤ」では、次男が病気で弱りきった野良犬を拾ってきて、家族の反対を押しきって家で飼う。

名をマヤと名づけ、次男はまめまめしく一生懸命に面倒を見る。

性格の弱い、引っ込み思案だった次男が、マヤとの交流を通して、積極性を身につけ、たくましく成長してゆく……。

同じ作者による愛犬マヤの物語に、しかも同じく著者の家族の話として書かれながら、全く別系統の話が存在する。これは、どういうことなのか――？

事の次第を明かせば、椋の家には二代のマヤがいたのである。

初代は椋になつき、戦争で殺された。

戦後しばらくの間、椋は犬を家で飼うことを許さなかったという。初代マヤを無残に喪《うしな》った心の傷が、なおも疼《うず》いていたのである。

一九五二年ころに、野良犬が次男によって拾われてきて、二代目のマヤとして飼い犬となり、次男になついた。

「マヤの一生」は、前半部は主として二代目マヤからイメージを拾い、後半の戦争が絡む部分は初代マヤの悲劇を下敷きにしている。

この二代にわたるマヤをうまくひとつの犬にまとめたことが、物語を重層的にし、感動的なものに成熟させた。

交流の対象が次男に絞られたことで、前半部に子供と犬との無垢な愛の世界が現出し、これが後半の理不尽な戦争の狂気と真っ向から対立する。

大人たちの引き起こす戦争の不条理が際だち、罪なく殺されたマヤの悲劇がしみじみと読者の胸に沁み入るのである。

椋の家では、二代目マヤの後にも、次の犬＝三代目のマヤがいたという。犬を飼えば、必ずマヤと名づけたのは、戦争で悲劇の最期を迎えた初代マヤが忘れられず、早世した家族を思うように、追慕の気持ちがずっと続いたからであった。

いくつかの先行作を通して、愛犬マヤに対する視線も深まり、また、二代目、そして三代目と、椋家の犬との日常的な交流も積み重なって、長い時間のなかに構想を熟し、満を持して生みだされた作品が「マヤの一生」だったのである。

物語が発表される四年前のインタビューで、椋は「マヤの一生」にいたる作品の構想をはっきりと述べている。


――「これからは戦争という極限状態を動物の目を通して描いてみたい。戦争はいやだと絶叫するだけでは文学ではない。一呼吸おいて静かな中に、モチーフが読者の胸にしみ込んでくるものを書きたいね」（「椋さんの作家生活」毎日新聞　一九六六年十二月二十五日）――


椋の作家精神の屋台骨に、戦争が刻まれている。

戦争の物語を、動物を通して描くことが、椋にとっては宿命的な悲願だったのである。

愛犬マヤの最期、事実と小説の間

先行作品となった「熊野犬」にしても、「マヤの一生」にしても、撲殺の憂き目にあったマヤが、最後の力をふり絞って家までたどり着くというラストは変わらない。

実に印象深く、彗星が長く尾を引くように、いつまでも心に残って余韻を揺らす。

しかし、前者ではただ「私」の家に戻るだけだったものが、後者では、愛してやまない次男の下駄に頭を載せて息絶えるという、さらに一段磨きのかかった珠玉の名シーンになっている。

椋の長男・久保田喬彦氏の著書『父・椋鳩十物語』（理論社　一九九七年）によれば、事実としてのマヤの最期は、以下のようなことだったらしい。

――父は職場に、母と弟二人だけのとき、制服の警官と町の有力者がおしかけて、マヤの強制連行をいいわたした。ものすごい剣幕で吠えるマヤ。小学生だった二人の弟は、二キロ近い道を処理場所の種馬所入口に行き、係に引きわたして帰途についた。泣きながら帰る二人のほうに、血だらけになったマヤが、鎖を引きずってかけてきた。

「こんな凶暴な犬ははじめてだ。お前たち、引っぱってこい！」

そうしてふたたび屠殺場の中へ。二人にマヤの首をしっかりおさえさせ、目の前で処置したとい

う。二人はこのショックで発熱、うなされて、寝こんでしまった。母から報告をうけた父は二人の枕もとで、

「ひどいことをする。かわいそうに……」

と、ひと言いっただけだった。弟たちへの言葉だったのか、マヤへの言葉だったのか、その両方への言葉だったのかわからなかったが、ぼう然と上を向いてつぶやいたのが、強烈に心に残っている。――

撲殺の現場となったのは、加治木の町内を流れる網掛川の川沿いにあった、種馬所の入り口前の広場だった。種馬所とは、馬の改良増産を行う場所のことである。

現地を訪ねると、今では当時の面影は全く残っておらず、さして川幅も広くない網掛川が静かに流れゆく。

平凡かつ平和な風景が、そのようなおぞましい歴史を秘めていることが、にわかには信じられない。

それほどに、全くの日常の場で、飼い犬たちの惨殺が繰り返されたのである。

久保田喬彦氏の証言では、この処理場までつれてこられたマヤは、殴打されながらも、いったんはその場を脱出し、家路についた子供たちを追いかけたという。

だが、ふたたびつかまったマヤは、今度は子供たちの目の前で、撲殺されてしまう。

椋は、血だらけになりながらもその場から戻ろうとしたマヤの意志を尊重しながら、物語として

は、愛する者の暮らす家まで、最期の力をふりしぼってたどり着いたことにした。「熊野犬」では勝手の入り口の板戸の前に、「マヤの一生」では、離れの靴脱ぎ場の次男の下駄の上に……。

椋にとっての、事実から物語への飛翔を考える点で、このマヤの最期は大きな意味をもつ。悲劇の事実から「熊野犬」へ、そしてさらに「マヤの一生」へ……。

「私」という語り手が綴る、一件、ノンフィクション的な味わいをもつ作品も、物語化への過程で、事実をふくらませて、印象的な物語へと昇華させているのだ。

戦後二十五年たって発表された「マヤの一生」は、家族たちが体験した実際の出来事をもとにしながらも、練りあげられた構成のもとに描かれた、創意工夫に満ちた物語だったのである。

極めて印象的で、感動を呼ぶラストシーンも、児童文学作家、動物文学作家としての椋の力量を示してあまりあるが、次男の下駄の上でマヤがこと切れるシーンが定まるまでには、何回もの試行錯誤が重ねられたことだろう。

自身の家族に起きた、極めて身近な戦争の悲劇なだけに、そこから文学へと発展させ、熟させるまでに、四半世紀の時間を有したのだった。

マヤの悲劇を生んだ人間の心の歪み

「孤島の野犬」の章の書き出しに、私は、戦争は人間の犯す最大のエゴイズムかもしれない、と書いた。

戦争を起こすのは人間だが、戦争の犠牲となるのは人間に限らない。

愛犬マヤもまた、人間の起こした戦争によって非業の死をとげたわけだが、ここで大事なことは、戦闘や空襲など、敵の攻撃によって斃《たお》れたのではないということだ。

戦争という狂気に駆られた人々の歪んだ心が、非情にも、罪なき小さな生命《いのち》を葬り去ったのである。しかも、愛犬として大事にしてきた子供たちの目の前で撲殺するという、人情のかけらすらもない、残忍な「処刑」が行われたのだった。

平時ならばそれなりによき人たちであった隣人たちが、戦争に心を蝕《むしば》まれ、人間性を欠落させてしまった結果であった。

——ずっとまえから、わたくしは、あの、おまわりさんも、役場の人も、部落の世話役の人も知っていました。悪い人たちではありませんでした。どちらかというと、人のよい人たちでした。けれど、こういう時代になると、人びとは、知らず知らずのうちに、荒あらしい心の持ちぬしになってしもうのかもしれません。（「マヤの一生」より）——

食糧難の時代、飼い犬を始末すべしとする声高な主張が、町や村を呑みこみ、反論の余地もないほどに沸騰してしまう……。

人の心を蝕んだ戦争ゆえの狂気であるが、この同調圧力は、昨今のコロナ騒ぎをめぐっても、程度の差こそあれ、似たようなことが見られ、日本人、あるいは人間というものがはまりやすい陥穽《かんせい》であることがわかる。

マヤが、社会を覆った狂気の犠牲者、被害者であることは言うまでもない。マヤを愛した子供も、やはり犠牲者、被害者に違いないのだが、事はなかなかに単純ではない。

「非国民」と陰口をたたかれた子供らが、「戦いに、うんと強くなって、いちばん先に、敵の陣地に、突撃して、いちばん先に、戦死してやるんだ」と誓うくだりは、子供の無垢な心さえ、巨大な狂気に半ば呑みこまれていることを示す。

マヤが生きることを誰よりも強く願っている子供たちが、自身の戦死を望むという、自己撞着のような心模様が、なんともやりきれない。

生と死をめぐる物差しの間尺がずれてしまい、感覚が歪んでしまっているのだ。

戦争の狂気の恐ろしさを、人の心に測深鉛をおろしつつ、ここまで深く描き得たのは、作家としての椋の大きさ、冴えを存分に示している。まさに、練達、円熟の境地と言えるだろう。

作品の梗概を述べたくだりでは割愛したが、実は、マヤが殺される前日に起きた出来事として、椋は、機体のトラブルに見舞われた特攻機が、基地に戻ろうとして果たせず、近所の畑に墜落して炎上する場面を挿入している。

特攻機の墜落は、戦争末期に椋自身が目撃した事実として他のところでも触れられているが、マヤの「処刑」の前日にもってきたのは、作家としての椋の創意であろう。

十七、八歳の若者が、操縦席で身動きもせぬまま、炎に包まれた。

特攻機の墜落現場に駆けつけた人々は一様に涙にくれるが、そこに現れた将校と下士官が、恐るべき言葉を口にする。

「天罰じゃ。少しぐらいの飛行機の故障で、臆病風を吹かせて、ひっ返してくるから、こういうめに会うのじゃ。」——

マヤを葬ったものと、同質の心の歪みが、悪魔のような暴言を吐かせる。生命に対する感覚が、徹底的に狂ってしまっているのだ。

人間の身勝手さ、そしてこの時代の心のひずみ、むごさを象徴してやまない。

それに対し、マヤはどこまでも純粋である。

最期の瞬間まで、愛する者に忠実で、ひたすら次男のもとに帰りたいとの一心で、無垢な意志を固めたまま、次男の下駄の上でこと切れるのである。

この最期に臨んでのマヤの意志が、動物にも心や感情のあることを改めて教えてくれると同時に、とりかえしのつかない愚行をおかしてしまった人間の心の歪み、貧しさ、狂気を、痛切に浮かびあがらせる。

動物の純粋さは、戦時中、「少年倶楽部」に発表した動物物語以来、椋がずっと描き続けたことでもあった。

人間の身勝手さと無垢な動物との対比は、一九六三年に発表した「孤島の野犬」とも響き合う。

戦時中、軍用犬を除く飼い犬を殺せと命じたのは、人間であった。

戦争が終わると、軍用犬を放置、見殺しにしたのも、人間であった。

順序は逆だが、「孤島の野犬」も、マヤの悲劇を身をもって体験した作者だからこそ、見えてくるものがあったということなのである。


——『マヤの一生』は、戦争という異常な出来ごとが、どのように人間の心をかえていくかということを背景にしながら、犬もまた戦の禍に巻き込まれながら、非業の死をとげるが、死をもってしても、心の傷は、断ち切ることの出来ない話である。（「歳末に思う」朝日新聞　一九七〇年十二月二十六日）——


『マヤの一生』を上梓した、一九七〇年の年末の言葉である。

一九七〇年と言えば、ベトナム戦争の渦中でもあった。連日のように、戦火に晒された人々の悲惨な姿が、新聞やテレビを通じて、茶の間にまで飛びこんでくる。

椋が、心を痛めていないわけがない。

一九七二年、「親子読書」七月号に寄せた「自作を語る——マヤの一生」という文章では、この作品の意図について、さらにはっきりと述べている。

――権力というものは、恐るべき怪物です。（中略）

戦争というような、極限状態となると、この権力は、一層、むきだしに、あらゆる手段をとって、人びとを、その望む方向に、引っぱり込んでしまうようです。

こういう、空気の中にまき込まれてしまうと、人間というものは、恐怖と不安におののき、背中に火がついたように、理性を失って、権力のワナの中に、ごうごうと音たてて、ながれ込み勝《が》ちです。私は、戦争中、鹿児島に住んでいました。

ここは、アメリカの上陸地点という想定のためか、又、日本の最南端であったためか、いたるところに、飛行機の特攻基地がありました。

この基地から、毎日のように、若い命をのせた特攻機は、飛びたっていきました。そして、若い命は、ことごとく、再び、帰ることがなかったのです。

こういう極限状態にあった所だけに、権力は、厚く大きく、容赦なく、すべての人びとの上にのしかかってきました。

人びとは、ふるえ、おののき、権力の白い牙に、心臓をかまれるのでした。ひとたび、権力に、心臓をかまれたものたちは、善人であればあるほど、どのように変っていくか、地獄の悲しみとでもいった、どす黒い悲しみの中に、ひきずり込まれていくか。そのことは、今、考えても、肌に、粟粒が立つ思いです。思いだしただけでも、いたたまれない悔《くや》みがうずきます。

こうしたことを、片隅の一人の市民と犬との、ひとつの光のような愛情を背景として、戦争体験者には、もう一度、戦争を知らない人にもまた、しみじみと感じてもらいたいと考えて「マヤの一生」を書いたのでした。――


その時代を生き抜いてきた者ならではの、実感のこもった物言いが、胸を打つ。

戦争の悲劇を目の当たりにしてきた椋の平和への祈りが、「マヤの一生」という不滅の物語に結晶した。

市井のごく平凡な家庭を巻きこみ、小さな、しかしかけがえのない生命《いのち》を奪った戦争というものの悲劇の本質を、椋は熟練熟達の筆をもって描きあげたのである。

すでに世界各国語に翻訳もされ、国際的評価も高い。

二〇〇五年には、英字新聞の「The Daily Yomiuri」が、六回に分けて、全文の英訳を載せている(十月二十九日~十二月三日。毎土曜掲載)。

国境を越え、世界の良心に感動を与える物語である。生命あるものへの愛を語り、しみじみと涙を流させる名作である。

児童向け、大人向けを問わず、日本が生んだ戦争文学の代表作なのである。

ウクライナでの戦争に出口が見えない今こそ、日本のみならず、世界の多くの人々の目に触れてほしいと、願わずにはいられない。

第九章

ノルマンディーの戦跡で

フランス、ノルマンディーの海

ヨーロッパの激戦地へ

戦後、椋鳩十はよく旅をした。取材や講演で日本各地をまわることも多かったが、時には海外にも出た。

鹿児島県立図書館長だった一九五六年、視察のために四カ月間をアメリカにすごしたのが最初の海外体験だったが、その後、鹿児島女子短期大学教授を経て一九七八年にフリーになって以降は、しばしば世界を旅した。

時には孫たちをつれて、「アルプスの少女ハイジ」の故郷を訪ねてスイスまで赴くようなこともしている。

一九八六年の秋、八十一歳の椋は、妻を伴い、ヨーロッパに二十日間ほど旅をした。地球の反対側まで、しかも長期にわたって逗留する、結果的には人生最後の大旅行となる旅であった。

パリからスペインのバスク地方まで、ピレネー山脈を越える往復六千キロの行程を、車でまわった。

バスク地方は山間部に属し、スペインのなかでも、中央文化の及ばない濃い風土色を保つ。言語も固有のものをもち、独自の文化を誇る土地柄である。

第一章でも触れたが、椋は若き日にはこの地の自然や風俗に惹かれ、児童向けの動物物語に進む前、山窩《さんか》物語を書くころには、このスペイン山間部の文化伝統から、随分と影響を受けた。

文学的には、バスク地方の風俗を描いたピオ・バローハの小説から、多くを学んだ。

半世紀に及ぶ長い作家生活のはてに、椋は青春の心を燃やした文学的原点に立ち返って見たかったのだろう。

この旅では、当時フランス在住だった画家の長尾淘太氏が、現地を案内した。

パリでは、長尾氏の子息たちが通う日本人学校で、特別授業を行うといったハプニングもあったが、バスクに向け発ってからも、当日泊まる宿の予約すらせずに、道々の興味に惹かれるまま、自由な旅を続けた。

道中、イギリス海峡に臨むノルマンディー地方に寄った。

パリでの椋夫妻
「紀要　椋鳩十・人と文学」11より
（写真提供　椋鳩十文学記念館）

第二次世界大戦中、米英らの連合国軍がこの海岸線に上陸し、ドイツへの反攻の転機をつかんだ激戦地である。

一九四四年六月六日に始まった上陸作戦は、同月二十五日までの間に、連合国軍とドイツ軍と、併せて四十二万五千人もの死傷者を出したと伝わる。

椋らの一行は、現地に残るドイツ軍のトーチカなどを見学し、海に面したロンギュース・スルメール村の小さなホテルに泊まった。

宿では、英国人の老夫婦を見かけた。

この時のノルマンディー探訪から、珠玉の小編が生まれることになる。

「港町の老夫婦」——。

動物物語とは異なる、紀行文風の随筆のような味わいの作品で、『命ということ　心ということ』という一九八七年に出た本に載る。

新作を集めた単行本としては、生前最後の著書となった本である。

「港町の老夫婦」

「港町の老夫婦」は、十三ページの小品で、椋その人を思わせる「私」を語り手として進行する。

以下、大意を引こう。

風の強い十一月のノルマンディーで、「私」は海を見下ろす台地に立つ。

連合国軍が上陸した激戦の歴史を秘める海は荒れ、丘にはドイツ軍のトーチカの残骸があちこちに姿をさらす。海も陸も、ことごとくが荒れていた。

漁港のあるロンギュース・スルメール村で、宿をとることにした。

港近くの果物屋で、おかみさんたちが陽気に話をしていた。リンゴを買った日本人の「私」にも、やさしくしてくれる。

トーチカのある台地のすさんだ風景に落ちこんでいた「私」は、ほっとする思いにかられた。

ホテルでの夕食時、英国人老夫婦に出会う。

食事には、港町らしく、カキやハマグリなどの貝類、エビといった海産物が、生で供される。

ハマグリの貝の蓋を開けるのに難儀をしていると、見かねて、英国人の主人が「私」のテーブルに歩み寄り、ナイフで模範を示してくれた。教えられた通りにすると、難なく開けることができた。

それがきっかけで「私」は、英国人老夫婦と会話を交わすようになる。

問われるままに、「私」は、フランスの海岸をたどってスペインのバスク地方まで行くつもりであること、その途次にこの地に寄ったことなどを話す。

続いて、「私」が老夫婦に尋ねる。

――「あなた方は……」

「私どもは、この港町に、二、三日泊まるのです」

「見たところ、平凡な田舎町のようですが、見る価値があるようなものあるのですか」

「年に二回、シーズンオフのときをねらって子どもに会いにくるのです」

「子どもさん、この港町におられるのですか」

「実は、私の子どもは、イギリス海軍の軍人でしたが、ノルマンデーの上陸作戦で戦死しました。十九歳でした。素直なよい若者でした。あの子のことが、どうしても忘れられません。この海を見つめていると、波の音にまじって、あの子の声が聞こえてくるのです。あの子と話すために、老夫婦でやってくるのです。私どもは、もう、こんなに、年をとってしまいましたが、あの子は、少しも年をとりません」――


主人が静かに語る間、夫人はハンカチで目を押さえていた。

翌朝、ホテル近くの丘に登ると、昨夜の老夫婦が、トーチカの脇のカシの木の根元に、寄り添って腰をかけ、キラキラと光る海をじっと見つめていた。

その光景に、胸の痛む「私」……。

老夫婦に気づかれぬよう、そっと丘を降りるのだった。

ノルマンディーでの実体験

椋夫妻の旅に同行した長尾淘太氏は、後年、「絵と文学　私の中の椋鳩十先生」（「紀要　椋鳩十・人と文学」九　椋鳩十文学記念館　二〇〇四年）という文章に、椋の思い出を綴ったが、そのなかで、ノルマンディーの旅についても触れている。

椋の没後に、最後のエッセイ集である『命ということ　心ということ』を椋夫人から受け取った長尾氏は、「港町の老夫婦」を読んで、「ハッと息をのんだ」という。

以下、長尾氏の文章を引く。

――ノルマンデーのロンギュース・スルメール村のホテルに泊まった日のことが甦って来る。村には小さな清潔なホテルがあって泊まったこと。そこには私達と同じように英国人の老夫婦が泊まっていたこと。第二次世界大戦のとき、ドイツ軍が築いたトーチカの残骸が放置され、累々と続いている海岸線等々、その時は私もそれ等を一つの風景としてとらえていたのだが、それが椋先生のペンになると、ノルマンデー上陸作戦で戦死した英国の若い兵士の両親が十九歳の我が子を忍んで、毎年この季節になるとこの海岸を訪れる哀しい反戦の詩になって、読む者の胸にキリキリとその痛みが伝わって来るのである。

読み終えてから私はハタと気づくのであった。あの文章はきっとバスクのナチスドイツの将校クラブのホテルに泊まった折に、先生がベッドの上でうとうとしながら、何か軍靴の音を感じながらヒントにされたイメージではなかったかと思うのであった。

美事な意識の転換である。――

私は事実関係を確かめたくて、長尾氏と電話でも話をさせていただいた。

そこでわかったのは、「港町の老夫婦」は現地での体験や見聞をそのままに記したものではなく、そこで得たインスピレーションから椋一流の物語にふくらませ、実らせたものだということだった。ありていに言えば、現地で英国人夫婦を見かけはしたものの、親しく会話を交わすようなことはなかったのである。

かつて山中深くに、また離島の奥地に分け入り、動物の実態を取材し、そこからイメージ豊かな動物物語を紡いだ椋であった。

調査はそのままに語られるのでなしに、必ず椋の心を通して、そこから物語として羽ばたいた。自身の感性のフィルターに映し出してこそ、物語が昇華するのである。

今回も、椋の心のフィルターに映じた「現実」から、椋はこの印象深い作品を書きあげた。

トーチカの残骸や長い海岸線、英国人老夫婦など、長尾氏の目には「風景」としてとらえられていた現地の事物や人物に啓発されて、椋は、おのれの心の感応するままに、イメージをふくらませ、それぞれを有機的に結びつけて、血の通った、情感豊かな人間の物語を織りあげたのである。あえて言うならば、「港町の老夫婦」は、欧州最大の激戦地であったノルマンディーの戦跡での体験に触発された、椋の心のなかの「戦争物語」だったのである。

現地の取材メモが語る物語の芽

それでも、現地を訪れ、実際に見て感じることは、椋にとって大事なことだった。

そのことを語る、旅の取材手帳が残されている。

旅から二十年がすぎた二〇〇六年に、長男の久保田喬彦氏が、ノルマンディーでの椋の取材メモを明らかにした（「巻頭のことば」「紀要　椋鳩十・人と文学」十一　椋鳩十文学記念館）。

――十・二十八

英国老夫婦　ノルマンディの上陸戦で子を失った人。十九歳であった。　君はどこから　日本から　子どもさんは元気か　おかげで皆元気だ　よかったね。親しい者が無事でいるということは、幸福の中で一番だ。子どもさん大切にしなさい。子どもといっても五十六歳だ　幾つだろうと子どもは子ども――

――十・二十九
ノルマンディ上陸作戦、この近くであった。ドイツのトーチカ、海に面していたる所にある。ノルマンディ作戦で子どもを失った老夫婦。子どもを忍んで、この海岸にやってきた。ホテルのすぐ裏の丘にもトーチカの残骸があった。――

ともに、現地でものしたメモである。

驚くべきは、英国人老夫婦を見かけ、また、トーチカの残骸を目にしてから、ほとんど時間を経ずに、椋の頭のなかでは、物語が動き、まわり始めていることである。

十月二十八日の記述では、老夫婦との会話の原型が、物語の一部のように綴られている。

十月二十九日の「老夫婦が子どもを忍んで、この海岸にやってきた」という記述は、実際に老夫婦がそのような行動をしていたのかさえ、よくわからない。その光景は、ことごとく椋の心が描く幻想なのかもしれない。

「取材メモ」いうよりも、実態としては、物語の発想ノートなのである。

現地で受けた強烈な印象が、即座にインスピレーションの洗礼を得て、たちまち物語を発芽させているのだ。

純粋なノンフィクションとして吟味した場合、こうした姿勢には、反論もあり得るかもしれない。現地の「風景」を見て胸に湧いた幻想であると、作者の立ち位置を明確にすべきだとする立場もあるだろう。

椋は作品のなかでの旅人、語り手としての「私」に、特に括弧を付しているわけではない。すんなりと読めば、すべてが旅で見聞きした体験の事実として受け取られることになる。

だが、こうした文章世界の綴りようこそが、いかにも椋鳩十であるとも言える。

対象によって動かされた心の感応、つまりは感動が、すべての出発点となるのである。文学へと昇華する原動力となるのである。

その地、その場の事実をそのままに伝えるよりも、その地、その場から泉のように湧く、心を潤す物語を紡ぎたいのだ。

椋のペンを走らせているのは、徹頭徹尾、物語作家としての本能なのである。

椋文学の終着駅。国を越え、戦争の痛みを思う

そのことから、次のことが見えてくる。

それはつまり、生涯最後の大旅行となるこの時の欧州旅行でも、椋は戦争のことが気にかかって仕方がなかったということだ。

第二次世界大戦の激戦地として知られ、今もなお戦いの爪痕を残すノルマンディーの海辺で、椋は改めて戦争を想起し、悲劇に巻きこまれた人々の苦しみや痛みを幻視せずにはいられなかったのである。

高齢を押してのヨーロッパ旅行を思い立ったのは、あくまでもバスク地方を訪ねたいがためであった。

しかし途中、ノルマンディーに立ち寄るや、「史上最大の作戦」とまで言われた激戦の記憶に、椋の心は一気に引き寄せられてしまったのである。

多くの若者が、兵士としてここで命を落とした。

戦後四十二年がたち、海辺の村では、明るく親切な人々がたくましく生きる一方で、悲しみを忘れ得ぬ人が今も涙に暮れている……。

戦争が奪い去った犠牲の大きさ、そして取り返しのつかない喪失の悲しみが、同時代を生きてきた椋の心の琴線に触れたのである。

この作品では、戦争の傷をなおも引きずるのは英国人の老夫婦である。年恰好も近く、椋から見ればまさに同時代人である。

愛する肉親を戦争で喪《うしな》った家族の心の痛みに、日本人も英国人もない。

もし自分が英国に生まれていたなら、亡き息子に会いに、この海辺を訪ねることになるのかもしれないのである。

国や民族を超えた、人としての悲しみへの共感が、物語を彫りの深い、情感溢れるものにした。

椋鳩十は二十世紀の作家である。世界中を巻きこむ大戦争の時代を生きてきた作家なのである。

戦時中、「少年倶楽部」に児童向けの動物物語を次々と発表し、戦争を煽り立て、死を美化する時代の風潮に逆らい、生命《いのち》の尊さと生きることの大切さを説いた椋であった。戦後も、「孤島の野犬」や「マヤの一生」といった傑作を通し、戦争の不条理を鋭く見つめてきた椋だったのである。

生命の尊さを書こうと思えば、どうしても戦争を見すえざるを得ない。人間であれ、動物であれ、生命を暴力的に破壊するのが戦争だからだ。生命あるものの美しさや、生きることの素晴らしさを物語に綴りつつ、椋は常に、生命の対極にある、巨大な魔物の存在を、意識してきた。その巨悪の正体を、見極めてきた。人の心の内に、その根があることすら、見逃さなかったのである。

生涯をかけて、椋は戦争と闘ってきた。

椋文学は、戦争を鏡として、磨かれてきたのである。

齢八十一になるこの時、外遊の地にあって、なおも椋の胸をたぎらせた、戦争の悲劇を凝視する思いの強さに、驚嘆せざるを得ない。

老作家の精神をまっすぐに貫く、鋼《はがね》の屋台骨を見る気がする。

ノルマンディーの旅について説明してくださった長尾洵太氏は、電話での話の最後に、「港町の老夫婦」という作品についての考えを、次のようにくくられた。

「この作品は、椋先生の終着駅だと思います」――。

その言葉が、今も耳底から離れない。

第十章

小さな生命の窓を重ねて

1987年、母校を訪問した椋
（写真提供　かごしま近代文学館）

母校の子どもたちへの授業

一九八七年の夏の一日、椋鳩十は故郷の長野県下伊那郡喬木《たかぎ》村にある母校、喬木第一小学校の教壇に立った。

NHKの番組「シリーズ授業」の収録のためで、八十二歳の椋は、七十歳ほども年下になる「後輩」たちに向かって「授業」を行ったのである。

アマミノクロウサギやコウモリ、トカゲなど、つぶさな自然観察に基づく動物たちの生態を具体的に解説し、時に生徒たちに問いかけつつ、椋は生き物の特徴となる美点を語る。

ゆっくりとした口調で、ユーモアもまじえつつ、確実に子どもたちの心をとらえてゆく椋の姿は、老いたとはいえ、ぴんと張った糸のように緩みがない。

熱心に耳を傾ける、子どもたちの瞳の輝きが印象的だ。

私は幸運にもこの番組のヴィデオを見ることができたが、椋の授業そのものは活字化されて、『人間はすばらしい』(一九八八　偕成社)という本としても出版されている。

椋はこの年の十二月には世を去ることになるので、まさに明日をになう子供たちに託した最後のメッセージのような意味合いをもつ。

――しらべていくとねぇ、ぜんぶ、トンボにしろ、アリにしろ、ハチにしろ、ヘビにしろ、みんな、それぞれふしぎな力、〝ふしぎな〟というよりも、〝すばらしい〟かなあ……。〝すばらしい力〟が、地球上にあるものぜんぶ、生きてるものぜんぶに、あたえられている。〝すばらしい力〟をあたえられずに、生まれてきているものは、ひとつもない。

人間は、そのなかで、また、すばらしいでしょう？　こんなぐあいに、ものをいったり、本を読んだり、絵をかいたり……（中略）人間は、動物として生きるための力のほかに、ひとりひとりに、それぞれ、べつべつの〝力〟をあたえられておる。

絵のじょうずなひと、歌のじょうずなひと、それから、作曲のじょうずなひと、手さきのきようなひと。（中略）口のたっしゃなひと、足のはやいひと、全員、それぞれね、〝すばらしい力〟を、きみたちは持っておる。……なんかしらん、どういうものかはしらんけれども、

「人間はすばらしい」
（偕成社　1988）

きみたちは、じぶんのなかにすばらしい〝宝物〟を、どんなひとでも、みんな、ひとりひとりが持っておる。（中略）

そう、きみたちはみんな、〝すばらしい力〟を持ってるんだから、これからは、そういうじぶんの持っている〝力〟を、どのようにして出すか、そういうことをよく考えることが、大事だと思うね。

――

それぞれの動物に美点のあるように、児童ひとりひとりにも宝のような個性の輝きがある……。未来を背負う子供たちに、生命《いのち》あるものへの愛を説き、微笑とともに生の尊さを語るその姿は、数々の物語によって実りを重ねてきた老作家の円熟を示してあまりある。

黄金色に輝く稲穂にも似た豊かさ、麗しさを目の当たりにして、私は、かつて椋が教師だったことを思い出した。

そして、その場に満ちた興奮と感動が、椋が生涯をかけて書き続けた動物物語そのものであることに気がついた。

人間は誰しもが、すばらしいところをもっている――。その信念を支えるのは、生命あるものへの愛であり、それぞれの個性の尊重である。

椋の語りに目を輝かす子どもたちの姿からは、話に興味を惹かれるのはもちろん、勇気や生きる力を授けられている様子が伝わってくる。

かつて加治木女子高等学校につとめていたころ、「お話の上手な先生」として、生徒たちから慕われる人気教師だったのも納得がゆく。

かつての教え子たちと戦跡訪問

椋（久保田）が加治木女子高等学校の教師を辞めたのは、一九四七年のことだった。しかし、かつての教え子たちとの交流は、戦後の歩みのなかにも、絶えることがなかった。

とりわけ、戦争末期、長崎県川棚の海軍工廠に動員された第二十三期生たちとは、同窓会にも顔を出し、同窓生たちで行く旅行にも参加するなど、親しい交流が続いた。

親元を離れ、軍需工場で働かされたつらい体験を共にしたことが、絆を強固にしたのである。学校生活にあって、戦争の影響を最も強く受けた世代であった。

第二十三期生たちが、戦後、同窓会の集まりをもったのは一九六四年からというが、当時、鹿児島県立図書館長だった椋に案内状を出すと、

「あなた方の組は、自分の子供と同じ位に力を入れて四年間受持ったので、皆可愛くて一人残らず覚えています」

との返事がきたという。椋の率直な感慨であろう。

同窓会のたびに、かつての女学生たちの口からは一様に、川棚での思い出話が出た。それがいつ

しか川棚を再訪したいとの思いに発展して、椋とも相談の上、旅の計画が練られた。

一九七五年、戦後三十年を期して、かつての女生徒たちは、同窓会旅行として川棚へ向かった。四十名あまりの同窓生たちが参加したという。もちろん、椋も一緒であった。

往時の担任教師よろしく、椋は汽車の切符をまとめて買い、「集まれ」と号令をかけ、点呼をとる。

川棚駅が近づくと、「網棚の荷物を忘れないように」とか、「おしっこは大丈夫かい」などと、三十年前の動員の時さながら、ことさら生徒を前にした教師のようにふるまった。

四十代半ばになった元女学生たちも、それを喜び、教師と生徒に戻れる時間を楽しむのだった。

この時の川棚への旅の参加者には、椋の『マヤの一生』の本が配られた。

「戦地」再訪の旅には、椋作品のなかでも、戦争の悲しい記憶を最も明確に表した作品がふさわしいと考えられたのだろう。

一九八一年には、同窓生の有志三十数名が沖縄へ行き、ひめゆりの塔や摩文仁《まぶに》の丘など、戦跡を訪ねた。この時も、椋が一緒だった。

旅の目的は、ひめゆり学徒兵犠牲者の追悼、鎮魂であった。

沖縄の女学生たちが、沖縄陸軍病院への動員のはてに、職員を含めて一三六名にものぼる犠牲者を出した悲劇は、自分たちも戦争遂行の現場に駆り出された加治木高女の女学生たちにとって、他人事ではあり得なかった。

自分らは犠牲者を出さずにすんだが、所変われば、否応なく、戦死者を出す運命に見舞われたかもしれないのである。

ひめゆりの塔がたつのは、学徒動員の女生徒たちが身を潜めていた壕の跡地である。塔の脇に、歌碑がある。

「いはまくら　かたくもあらん　やすらかに　ねむれとぞいのる　まなびのともは（岩枕　硬くもあらん　安らかに　眠れとぞ祈る　学びの友は）」――。

歌は、動員女生徒の引率教師であり、多くの教え子たちを戦争によって喪《うしな》った仲宗根政善氏が詠んだものである。川棚の海軍工廠への動員を引率した椋とは、同じ立場だった人だ。

椋と加治木高女の元学徒たちは、一同整列し、慰霊塔に向けて、深々と頭を下げた。

いつしか、誰からともなく嗚咽が漏れ始め、涙は何人にもひろがって、しばらくは無言のまま、むせび続けた。

やがて、沈黙を破るように、椋が語り出した。

「皆おちついたか。生きとし生けるもの、永遠《とこと》わの平和を守り続けないといかんナー」――。

神秘的とも聞こえる声だったと、旅に参加した畠中信子さんは、のちに書いている（「我が師　椋鳩十先生」二〇一五年）。

鎮魂の祈りに浄められた心に、椋の言葉が、天から降ってきた啓示のように、深々とした共感とともに響いたのだろう。

同窓会を兼ねた旅行は、二、三年に一度ずつ続いた。

京都や奈良といった観光地にも出かけたが、大きな節目となる折に、川棚や沖縄など戦跡を目的地としたのは、同窓生らの絆の結び目に、「戦争」が、ほどくことの不可能なほどに、固く縫いこまれているからだった。

同窓生同士の友情や、師弟間の情愛も、そこに根をもつのだった。

戦争という悲惨な過去を抱え、死と隣り合わせの日々を知るからこそ、平和の大切さやありがたみ、そして生の尊さを、しみじみと感じることができるのである。

椋文学には、独特のぬくもりのあるヒューマニズムが流れている。

動物を通して謳《うた》われた生命への惜しみなき愛は、あまねく人間にも向けられる。

椋文学のあたたかさは、戦争という最も非人間的な苛酷さのなかをともに生きぬいた、女生徒たちとの心の触れ合いが、血となり肉となった結果でもあったのである。

闇の中に、星はきらめく

――あの戦争のことを思うと、よくまあ、多くの人々が生き永らえられたと思う。――

前章で詳述した「港町の老夫婦」を収めた『命ということ　心ということ』（一九八七年）に載

る「ヒューマニズムの火」という随筆の書き出しである。

米や野菜の配給は極端なまでに減り、食糧事情の悪いなか、椋を含め、人々は耐えに耐え、何とか生き抜いてきたのである。

――戦いが烈しくなると、アメリカの飛行機が、昼夜を問わずやってきて、爆弾をおとしていくのだ。そのために、老人が、子どもが母親が、命をおとしたり、幸いにして命は助かっても家を失ったりするのであった。――

ここには、怒りがある。

四十年あまりの歳月を経て、なおもくすぶる嘆きと反発である。

『命ということ　心ということ』は、新作を集めた椋の作品集としては、生前最後のものとなった本であり、刊行されたのは一九八七年の五月――、亡くなる半年ほど前になる。

最晩年になっても、椋の戦争へのこだわりは失われていない。

――あらゆる苦しみにたえて、銃後の人々は、日本の屋台骨を支えようとしたのだ。

日本を愛していたからだ。

日本の役人を、政治家を信じていたからであった。

ひたすらに、ひたすらに、日本の民は、正直な人々であった。

ひたすらに、ひたすらに、国を思う民であった。

こういう民たちが、戦火によって、非業の死をとげたのである。

しかし、終戦となり、時がたつにつれ、この非業の死をとげた民たちは、肉親の心にだけ悲しみを残して、忘れられているようだ。――


怒りの矛先は、戦時中の過去にのみ向けられたものではない。

日本人全体が受けた甚大な被害を、あまりにも多くの戦死者を出したその痛みと傷を、時の経過とともにやすやすと忘却の彼方に押しやってしまう世の風潮に対しても、批判と嘆きの眼差しが向けられている。

この文章の後半は、鹿児島に戦没者の慰霊塔ができるということを聞き、安堵を得たことを述べる。

――日本人の心の中には、まだ、おきびのように、ヒューマニズムの火が、心の底にたたえられていたのだ。（中略）
命へのいたみを感じる人々がいたのだ。
素晴らしいことだ。

こういう火が、どこかに燃えている限り、日本は、まだまだ希望が持てる。私はそう思う。――「ヒューマニズムの火」は、このように結ばれる。最晩年の文章なだけに、時代へのメッセージは、祈りの色を帯びる。

ここで肝要なことは、慰霊碑建立そのものにあるのではなく、大事の根本は、「命へのいたみを感じる」ことにあるという点だ。

生きている命を尊び、亡くなった命を敬う……。

ひと言で言うなら、それは、生命の尊厳ということになろう。椋は、「ヒューマニズム」と不可分のものとして、提示している。

反対に、生命への最大の侮辱、蹂躙《じゅうりん》となるものが、戦争である。

椋は生涯、人類が抱えてきたこの負の因子から離れることがなかった。生命の尊厳の対極から、生命を見すえる努力を惜しまなかった。

おそらくそれは、意を決しての「努力」というより、そうなるしかなかったという、椋鳩十という作家にとっての本質的個性であったかと思われる。

動物にしても、人間にしても、おしなべて、生きとし生けるものに注ぐ眼差しが限りなくやさしいがゆえに、戦争の時代を生きぬいてきた者として、ごく自然に、そのような二重性を抱えることになったのであろう。

すばらしき生命の輝きと、その対極にある戦争の闇と……。

「少年倶楽部」に、軍国主義に抗いつつ動物物語を書いていた当時から、戦中・戦後を通して、椋のこの姿勢は変わらない。

作品のなかのメッセージの濃淡や、色彩のヴァリエーションはあったにしても、神社の狛犬に「あ、うん」があるように、椋作品には両者が巣を張っている。

さらに踏みこんで言えば、戦争という影を抱えながら生命の輝きを書いた時、椋の筆は他の誰にも及ばぬヒューマニズムの高みに飛翔するのである。

世界文学にも比肩し得る、感動の宇宙が現出するのである。

『命ということ　心ということ』のあとがきに、椋は次のように書いている。


——このごろ、人間にまつわる暗い話が、なんとまあ多いことか。人間の背後には、いつも、暗いものが、つきまとっているのであろうか。

けれど、星は、闇の中で、美しくきらめくのである。

人間はたしかに、暗い闇の面を持つが、また各自、ひとりひとりがきらめく星でもある。

私は、人間の闇の面について聞くことにも、語ることにもあいた。

私は今、星のように、きらめくものについて語りたいと思うのである。——

数々の動物物語を通して、生命を見つめてきた椋ならではの深い洞察が、詩のように美しい言葉で綴られている。

闇の中で、星は美しくきらめく……椋の真骨頂であろう。

時代が強いたいくつもの闇にあっても、椋は常に、この星のきらめきを追い求めてきたのだった。

小さい窓

椋鳩十はいくつもの名句（詞華）を残しているが、よく知られたものに、「感動は人生の窓をひらく」という言葉がある。

揮毫を求められて色紙などに書く際にもよくこの言葉を用いたし、各地にたてられた椋鳩十の文学碑でも、「大造じいさんとガン（大造爺さんと雁）」の舞台とされる湧水町三日月池その他、この言葉を刻んだものが複数ある。

長い作家人生のなかにつちかわれた、椋の文学世界と相通ずる至言であろう。

さて、ここで注目したいのは、「窓」という言葉である。

というのも、椋は自身の文学を語る際にも、「窓」という言葉に、非常な重きを置いているからだ。

それは、「私とノンフィクション」（「日本児童文学」一九六九年十一月号）という文章において、自身の自然観察と作品化に関して述べた箇所に登場する。

山の動物や自然、その匂いや息吹を、物語のなかにリアルに取りこみたいと思いつつも、ただその模倣に終始しているわけではないと断った後で、次のくだりになる。

――自然の模倣や、自然の姿をそっくりのままで描こうという目的だけなら、「自然マイナス私」ということになって、私が、参加しただけのぶんが、自然に負けてしまうからです。「自然プラス私」の世界を描くということが実はその大きな目的なのです。（中略）

動物の習性とか暮し方には、忠実であるということから、私の場合は、はなれることが出来ません。これは、私の場合には、物語の土台だからです。この土台を、いいかげんにしたら、私の場合は、物語が、ガラガラ崩れていってしまうからです。

そういう、土台の上に立って、そこに、小さい窓を、私なりに開いてみたいと考えて、私は筆をとっているのです。

私の怒りや、ねがいや、悲しみや、よろこびの小さい窓を、キリリと、あけてみたいと考えているのです。――

「自然プラス私」の世界――自然の模倣を超えて、自分なりの「窓」を開く。「感動」のような、心を揺り動かす大きな力があればこそ、窓はキリリと開かれる。

そこで初めて、胸に満ちる思い――喜怒哀楽や願い、祈りを、筆に載せることができる……。作品を生み出す泉が、まさにこの「窓」なのである。

山に分け入り、島を訪ね、猟師とともに森や谷を歩きと、生あるものが生きる場に身を置くことで、椋は自然との対話を繰り返してきた。自然と自分との間に、こだまを響かせてきた。

生命《いのち》に囲まれ、その息吹を共にしながら、自分ならではの「窓」を切り開いてきたのである。

戦争中、「少年倶楽部」に発表した動物物語でも、人を殺《あや》めたり、敵を殲滅《せんめつ》したりする場面を、椋はいっさい書かなかった。

時代に対して開いた「小さな窓」に、椋は心のやさしさを重ね、友情や愛の美しさを、物語に綴ったのだった。

戦中から戦後、復興期から高度成長期を経て、公害や人心の荒廃など、複雑化した社会の弊害が露わになる時の推移のなかで、椋は「小さい窓」に思いを重ね続けた。

戦争の悲劇と多くの生命の犠牲とが、椋の文学的な火つけ役となったことは間違いない。だが、痛みとともに紡がれたその筆は、常にやさしさに満ち、愛に溢れていた。

齢を重ねるとともに、椋の「小さな窓」からは、怒りや憎しみ、破壊や殺戮《さつりく》などの「悪」がすっかり濾《こ》されて、山清水のように澄みきった「善」が、生の歓びとひとつになって、光のなかの花園を築きあげていったように思う。

生と死が不可分のものであることを承知の上で、しかも、死を忘れた生の傲慢、驕慢を忌み嫌いつつ、それでいて椋は、究極にはやはり生を向いた。

戦争に象徴される闇を突き抜けて、光溢れる生命の宇宙を目指したのだ。

『命ということ　心ということ』に収められた「命の木」という随筆に、沖縄の名護市で見かけた木のことが記されている。大通りのまん中に、大きな木が悠然と聳えているのである。

自動車の通行も多い大通りに、なぜ大木が放置されているのかと尋ねると、地元のおかみさんが次のように答える。


──「あんた、こんどの戦争で、沖縄の住民の、三分の一の人々が、命をおとしているんです。しかも、島の形がかわるほどの烈しい砲撃を受けているんです。こういうなかで、生きぬくということは、それはそれはもう、大変なことでございますわ。あの木だって、激戦の中を生きぬいたのでございます。少しばかり、交通に不便だといって、伐り倒すわけにはいきません。町の人々が皆で、あの木の命を守っているのでございます」というのであった。

私は、強く心うたれた。──


椋の感動が伝わってくる。

椋はここでも、「小さい窓」を開かれる思いがしたことだろう。

戦争の悲劇を乗り越え、生命に向かった椋の文学的軌跡を、図らずも、激戦を生きぬいた沖縄の夫人がなぞるように語ったのである。
椋はこの激戦地に残る大木の話に、「命の木」とタイトルを付した。
最晩年の椋の境地を、象徴的に物語っていよう。

縄文杉（屋久島）
（写真協力　公益社団法人　鹿児島県観光連盟）

ああ美しい！

生命《いのち》をめぐる木との出会いということになると、もうひとつ、屋久島での、「縄文杉」と呼ばれる古木との出会いに触れないわけにはいかない。

屋久島の山中、車の通う最寄りの登山口から、歩いて片道四、五時間ほど行った山間の奥深くに、ひっそりとたつ杉の古木である。

推定樹齢は七千年を超すとも言われる。

高さは二十五・三メートル、幹の胴回りは十六・四メートルにも及ぶ。千年の生命が息づく屋久島の杉のなかでも、最大最古の老木である。

——なんとまあ、すごい命だ。

七千年の命が、私の目の前に、どしんと立っているのだ。（中略）

七千年の老木だから、その杉の葉も、枯れがれとしているだろうと思ったら、大間違いだ。

さわったら、指の先も、青く染まるほど、その葉は、新鮮に光っているのだ。若々しいのだ。

さらに驚いたことには、七千年の老木の枝という枝には、杉の実が、びっしりと、ついているのであった。子孫を残すための実を、びっしりと、つけているのであった。

七千年の老木といえども、ほうほうと、命の火をもやして、今を生きているのだ。現世を、力いっぱい生きているのだ。（中略）

死の瞬間まで、命の火を、ほうほうと燃やす。美しい生き方だ。

こういう生き方なら、あの世に旅立つにも悔いがない。美しい旅立ちだ。

死の瞬間まで、命を、ほうほうと燃やすということは、ことによると、おしゃかさまやキリストさまの悟りと、似たようなものではなかろうか。と、樹齢七千年の「縄文杉」のかたわらに立って思うことであった。――

『命ということ　心ということ』に収められた「樹齢七千年の杉」という文章の結びの部分である。

自身の命を保つ肉体には限りがあり、黄昏《たそがれ》ゆく人生の晩節にあって、椋は縄文杉の七千年の命に思いを馳せ、悠久の生命の流れに和し、溶けこんでゆくことを欲しているように見える。

滔々《とうとう》たる大河のようなとこしえの生命と和しつつ、今という時を、現在のこの瞬間を、最後の最後まで、懸命に生きようとする願い、決意……。

「死の瞬間まで、命の火を、ほうほうと燃やす」――。「ほうほうと」という表現が、やさしげな響きを奏で、なんとも美しい。

死が遠くないことを意識したなかで書かれたこの文章には、私が注目しないではいられない、ユニークなくだりが登場する。

縄文杉の不思議さを、椋はいったんは人間でいえば仙人のようなものかとたとえようとするが、やがてその根本的な違いに気づき、明確に否定する。

——仙人は、俗世間から、遠くはなれた存在である。俗世界から超然とした存在である。ところが、この七千年の命の杉は、俗世間の中に、ひたり込んで生きているのであった。俗世間から、超然として生きようなどと、もうとう考えていないようである。——

通常、作家というものは、俗世間から超然としたものに憧れる。欲望の渦巻く陋巷《ろうこう》にあってなお、超俗、孤高であろうとする。

だが、椋は縄文杉のあまりの泰然としたさまに、俗世間を離れて超俗に生きようなどという下心が皆無であるのを察して、感心する。

近代文学者として、椋のこの立ち位置は極めてユニークだ。孤高を売りにしないところに、逆に孤高な光が輝いている。

最晩年の椋は、近現代の作家がまといがちな、ことさらな苦悩や大仰なナルシシズムといった贅肉をそぎ落とし、人の暮らしが本来あるべき素朴さへと昇華していったように見える。

近代人が陥りがちな我欲を濾過して、存在の奥底にある生命そのものの価値に迫ろうとしたのだ。

人間も、動物も、植物も、おしなべて、生命の環につながり生きるものは、等しく尊いのである。

天から与えられたそれぞれの個性を十全に発揮しつつ、生命の宇宙に互いに和して生きるものなのだ。

これは、戦争のもたらす抑圧や理不尽な死の対極にある悟達であろう。

戦争の反語世界を極めた末に行きついた、生命の躍動する自由の天地なのである。


生命ある限り、精一杯に生きるという覚悟を地でゆくように、椋は最晩年にいたるまで、講演の旅に出た。

生あるうちに伝えておかねばとの使命感もあったことだろう。

ほうほうと命の火を燃やして、椋は語り続けた。

信州喬木の母校の教壇に立ったのも、その信念のゆえであったのだ。

一九八七年十月、椋は講演先の名古屋で倒れた。

鹿児島での入院生活を経て、同年十二月二十七日に、八十二年の生涯を閉じる。家族たちに囲まれての大往生だった。

亡くなる前日に詠んだという詩が伝わっている。

日本の村々に人たちが
小さい　小さいよろこびを

おっかけて生きている
ああ美しい
夕方の　家々の
窓の灯《あか》りのようだ

ああ美しい！　と、「旅立ち」の床で、椋はなおもつぶやく。

その感慨は、少年の日、アルプスの夕焼けに見とれて胸に湧いた思いと同じだった。

人生の最後に、椋は円を描くように、無垢な少年へと還っていった。

生のすばらしさを謳い、生の讃歌を紡いで……。

山窩《さんか》物語を綴って文壇にデビューをしてから五十四年――。「少年倶楽部」に初めて動物物語を発表してから四十九年――。戦争の終結からは四十二年になる。

ひとつの時代を生きぬき、動物物語に託して生命の尊さを語り続けた作家は、平凡な生の美しさを謳って、逝《い》った。

椋の最期のこの詩を見るたびに、私は南九州のあちこちで見かける「田の神様（タノカンサア）」を思い出す。

誰の手になるかもわからぬままに、田畑の脇や道の辻に置かれた道祖神のような石像の数々。

野に働く人々を励まし、道行く人々を癒すかのように、石像はやさしげに頬を緩める。

風霜に耐えた顔いっぱいに、無垢な微笑みが溢れ、輝く……。

「小さい窓」を積みあげた作家・椋鳩十の、大樹のような巨大さを思わずにはいられない。

あとがき

椋鳩十の作品と人生を、「戦争」という視座から見つめ直し、原稿を書き始めたのは、ロシア軍のウクライナ侵攻が始まってから、三カ月ほどがすぎたころだった。

その時には、原稿が全体としてどれほどの量と内容に発展するか、具体的な見当はつきかねたが、はっきりしていたのは、すべてを書きあげるまでに戦争が終わっていてほしいという願いだった。

椋作品を読み、物語世界を紐解きつつ、戦争終結を願う悲願は、椋の心とも響き合って、熱い祈りのように切なさを重ねた。

だが、この「あとがき」を書いている二〇二四年の夏、開戦から三年が経過してなお、ウクライナの戦争は出口が見えない。それどころか、パレスチナでも戦争が始まり、アジアの近隣を見渡しても、きな臭い動きは収まる気配がない。

全世界で五五〇〇万人もの人々が命を落とした第二次世界大戦が終結して約八十年——、

新たな世界大戦への危機がほの見える。そうあってほしくなどないが、偶発的な契機により、全世界を巻きこむような戦争が起きることも、全くの絵空事とは言いきれまい。

私はここで、戦争の危機を煽りたてることなどしたくないし、国際情勢について論じるつもりもない。ただ、このような時代状況のなか、椋鳩十の真価がますます輝くということだけは、いくら強調してもしたらないと信じる。

二〇二五年は、椋鳩十の生誕一二〇年にあたる。誕生日が一月二十二日と年初めであることから、ゆかりの鹿児島県では、すでに二〇二四年の夏以降、記念の企画展やイベントが開かれる。二〇二五年にも、記念行事が全国各地で続くことだろう。

椋鳩十の動物物語に人々の目が集まるに際し、ぜひとも「戦争」という新たな視点が加味されることを望む。その上で、椋が時代に問い、歴史に遺したメッセージを、きちんと読み取ってほしい……。

そのように念じていたところ、姶良市の椋鳩十文学記念館で、二〇二四年の夏、「椋鳩十と戦争」という企画展が開かれることを知った。私の原稿はすでに完成していたものの、椋を戦争から見つめ直す視点が、私個人のみならず、社会的な気運としてひろがり、熟してきていることを、頼もしく感じた。

生誕一二〇年を機に、椋鳩十の作品の背景にひそむ戦争による傷心に目をとめるとともに、戦争という破壊と蹂躙の対極にある生命《いのち》の尊さを、しかと心に刻んでほしいのである。

戦争ならずとも、昨今では、生命を粗末にする凶悪事件が後を絶たない。社会の片隅の凶暴さが寄り集まれば、国家間の戦争に膨張するであろうことは、火を見るよりも明らかだ。

そうした風潮に対しても、椋作品から学ぶところは多いはずである。

椋の動物物語は、決して「説教」はしない。心あたたまる話に、読者は素直に惹きこまれ、感動させられる。

胸の奥底に得た深々とした感動が、生命の尊さへの気づきへと導く。まさに、「感動は人生の窓をひらく」と、椋の言った通りである。

本書が、そうした椋文学へのアプローチの一助となることを希望したい。

かつまた、著者のひそかな願いとしては、椋の物語世界とこだまを交わし合うように、感動の灯を読者の胸にともすことができれば、これにすぎる歓びはない。

本書のテーマと構成は、もともと、南九州の情報誌「みちくさ」(アイ・ロード)に、「今こそ椋鳩十ルネサンスを！」と題し、十回に分けて連載したものが基礎となっている(二〇二二年夏号~二〇二三年十一月号)。

ただ、連載では分量的に限りがあるため、本書をまとめるに際し、ほぼ書きおろしと言えるほどの大幅な加筆を行った。

それでも、屋久島や甑島など、作品の主要舞台を訪ねることができたのは、「みちくさ」誌連載のお陰であるので、あえてその母胎について説明を付す次第である。
椋作品は、戦中から戦後へと、同一作品でありながら、掲載、収録される本によって、何度か形を微妙に変えている。
語り口としての「である」調か「ですます」調かを始め、タイトルについても、現代の読者には「大造じいさんとガン」として親しまれているものが、もとは「大造爺さんと雁」であるなど、ディテールを異にするバージョンがいくつか存在する場合がある。
学術的には、慎重を期さねばならないが、本書では、その小さな差にこだわることなく、一般に知られたタイトルをベースとしつつ、時代の流れに応じて椋の生涯と作品を紹介する際には、その時点でのオリジナル表記を尊重した。
ただし、作品その他の引用に関して、出典資料のオリジナル表記が旧字である場合には、新字に改めた。
本書を通して、椋鳩十という作家に改めて関心をもたれた方は、以下の椋の記念館、文学館をお訪ねになることを勧めたい。
「椋鳩十記念館・記念図書館」（長野県下伊那郡喬木村）
「椋鳩十文学記念館」（鹿児島県姶良市）
「かごしま近代文学館」（鹿児島県鹿児島市）
私も、これらの施設の展示資料や収蔵資料から、多くを学ばせていただいた。お礼かたがた、ここに紹介させていただく。

取材調査の過程でさまざまな方々の世話になったが、一九八六年の最後の欧州旅行について貴重なお話を伺った長尾洵太氏、椋鳩十のお孫さんにあたる久保田里花氏には、特に謝辞を呈したい。久保田氏には、椋作品との久々の出会いのきっかけを与えられたばかりでなく、特にリサーチの初期段階で、資料的なことを含め、いろいろとご教示いただいた。

「みちくさ」誌での連載時には、福永栄子氏、有田知永氏、山崎真司氏の世話になった。

本書の版元書肆侃侃房は、福岡を拠点とする気鋭の出版社である。初めてタッグを組ませていただいたが、九州に暮らした作家について論じ、九州の情報誌から生まれた作品を、九州の出版社から上梓できることを、嬉しく思う。

編集にあたっては、田島安江さん、兒崎汐美さんのお手を煩わせた。併せて、心からの謝意を申しあげたい。

二〇二四年夏

多胡吉郎

◎椋鳩十をもっと詳しく知りたい方へ◎

写真提供　椋鳩十記念館・記念図書館

〒395-1101
長野県下伊那郡喬木村 1459-2
0265-33-4569

椋鳩十記念館・記念図書館

利用時間　火〜金：午前 10 時 〜 午後 6 時
土・日：午前 10 時 〜 午後 5 時
（入館は閉館の 30 分前まで）

休館日　月曜日／毎月第一火曜日／祝日／
蔵書整理休館：9 月中旬／
年末年始：12 月 29 日〜 1 月 4 日

入館料　小・中学生：100 円
大人：200 円
他、各種割引等あり

写真提供　椋鳩十文学記念館

〒899-5231
鹿児島県始良市加治木町反土 2624-1
0995-62-4800

椋鳩十文学記念館

利用時間　午前 9 時〜午後 5 時
（入館は午後 4 時 30 分まで）

休館日　月曜日（祝日の場合は翌日）／
年末年始：12 月 29 日〜 1 月 3 日

入館料　小・中学生：220 円
高校生以上：330 円
他、各種割引等あり

写真提供　かごしま近代文学館

〒892-0853
鹿児島県鹿児島市城山町 5-1
099-226-7771

かごしま近代文学館

利用時間　午前 9 時 30 分〜午後 6 時
（入館は午後 5 時 30 分まで）

休館日　火曜日（休日の場合は翌日）／
年末年始：12 月 29 日〜 1 月 1 日

入館料　小・中学生：150 円
一般：300 円
他、各種割引・特別料金等あり

椋鳩十　略年譜

一九〇五(明治三八)年	一月二十二日、長野県下伊那郡喬木村に生まれる。
一九一八(大正七)年	飯田中学に入学。『猟人日記』『ハイジ』など文学作品に親しむ。
一九二三(大正一二)年	関東大震災。
一九二四(大正一三)年	法政大学に入学。
一九二六(昭和二)年	初の詩集『駿馬』を久保田彦保の名で自費出版。
一九二八(昭和三)年	友人の妹、赤堀みと子と結婚。
一九二九(昭和四)年	同人誌「リアン」創刊。 米国の株価大暴落により世界恐慌。
一九三〇(昭和五)年	法政大学国文科を卒業。鹿児島県種子島の中種子小学校に教師として赴任するが、褌で授業を行い解任。加治木高等女学校教師となる。
一九三一(昭和六)年	満州事変。
一九三二(昭和七)年	「満州国」建国。
一九三三(昭和八)年	小説集『山窩調』を自費出版、初めて椋鳩十の筆名を用いる。 半年後には『鷲の唄』が出版されるが、一週間後には発禁となる。 日本、国際連盟を脱退。

一九三七(昭和一二)年	日中戦争勃発。動物物語「山の太郎熊」を初めて「少年倶楽部」に発表。
一九三八(昭和一三)年	国家総動員法制定。「嵐を越えて」「大造爺さんと雁」など、「少年倶楽部」に動物物語を次々に発表。
一九四一(昭和一六)年	米英らとの太平洋戦争に突入。「少年倶楽部」十一月号に「三郎と白い鷺鳥」を発表、同誌での最後の椋鳩十作品となる。
一九四四(昭和一九)年	「幼年倶楽部」一月号に久保田彦穂の名で「軍神につづく横山少年団」を発表。同年一月　学徒動員により、加治木高女の生徒たちを引率して川棚の海軍工廠に赴く。
一九四五(昭和二〇)年	八月十五日、日本の敗戦、太平洋戦争の終結。
一九四六(昭和二一)年	文筆活動を再開。
一九四七(昭和二二)年	鹿児島県立図書館長に就任。
一九五〇(昭和二五)年	屋久島を舞台にした『片耳の大鹿』を出版。文部大臣奨励賞を受賞。朝鮮戦争勃発(～一九五三)。
一九六〇(昭和三五)年	「母と子の二十分間読書運動」を提唱。
一九六四(昭和三九)年	甑島を舞台にした『孤島の野犬』を出版。産経児童出版文化賞、国際アンデルセン賞国内賞を受賞。

一九六四（昭和三九）年	トンキン湾事件を契機に米軍が介入、ベトナム戦争本格化（〜一九七五）。同年、東京オリンピック開催。
一九六六（昭和四一）年	鹿児島県立図書館長を退任。
一九六七（昭和四二）年	鹿児島女子短期大学教授となる。
一九七〇（昭和四五）年	『マヤの一生』を出版。翌年、「モモちゃんとあかね」とともに、第一回赤い鳥文学賞、児童福祉文化奨励賞を受賞。
一九七二（昭和四七）年	中華人民共和国と国交樹立。
一九七八（昭和五三）年	鹿児島女子短期大学教授を退任。
一九八六（昭和六一）年	最後の欧州旅行。ノルマンディーの戦跡に立ち寄る。
一九八七（昭和六二）年	生前最後の単行本『命ということ　心ということ』を出版。同年十月、講演先の名古屋で倒れ、鹿児島で入院。十二月二十七日、永眠（享年八十二）。
一九八八（昭和六三）年	ソウルオリンピック開催。
一九八九（昭和六四）年	ベルリンの壁崩壊。翌年、東西ドイツの統一。
一九九〇（平成二）年	鹿児島県姶良市に椋鳩十文学記念館が開設される。
一九九一（平成三）年	長野県下伊那郡喬木村に椋鳩十記念館が開設される。ソビエト連邦の崩壊。

主要参考文献

☆椋鳩十作品

『椋鳩十の本』全 34 巻（理論社　1982 ～ 1989）／『椋鳩十全集』全 26 巻（ポプラ社　1969 ～ 1981）
『椋鳩十動物童話全集』全 5 巻（小峰書店　1965）／『椋鳩十まるごと動物ものがたり』全 12 巻（理論社　1995 ～ 1996）／『少年少女現代日本文学全集 23　椋鳩十名作集』（偕成社　1964）
『山窩調』（自費出版　1933）／『鷲の唄』（春秋社　1933）／『動物ども』（三光社　1943）
「少年倶楽部」（大日本雄弁会講談社　1938 年 10 月号、1939 年 1 月号、1941 年 3 月号、5 月号、7 月号、9 月号、11 月号、12 月号、1942 年 2 月号、4 月号、5 月号、7 月号、11 月号、1943 年 2 月号、11 月号）
「幼年倶楽部」（大日本雄弁会講談社　1942 年 6 月号、1943 年 12 月号）
「赤とんぼ」（1946 年 9 月号［1 巻 6 号］　実業之日本社）／『海上アルプス』（ポプラ社　1975）
『ヤクザル大王』（八重岳書房　1986、南方新社　2007）
『命ということ　心ということ』（家の光協会　1987）／『人間はすばらしい』（偕成社　1988）
『夕やけ色のさようなら　椋先生が遺した 33 章』（理論社　1989）
『椋鳩十　未刊行作品集　上・下』（一草舎出版　2004）
「Life of Maya」（The Daily Yomiuri　2005 年 10 月 29 日～ 12 月 3 日）

☆椋鳩十が執筆、あるいは語った言葉の載る新聞、雑誌記事など

「童話とわたし」（朝日新聞　1953 年 8 月 15 日、『椋鳩十の本』第 24 巻）
「椋さんの作家生活」（毎日新聞　1966 年 12 月 25 日）
「私とノンフィクション」（「日本児童文学」1969 年 11 月号、『椋鳩十の本』第 24 巻）
「自作で語る子ども像」―生命を守る勇気・読書の友（1970 年 6 月 22 日）
「名づけられたり、名づけたり」（東京新聞　1970 年 12 月 20 日）
「歳末に思う」（朝日新聞　1970 年 12 月 26 日）
「自作を語る――マヤの一生」（「親子読書」1972 年 7 月号、『椋鳩十の本』第 24 巻）
「人生歓談　椋鳩十さん」1 ～ 9（南日本新聞　1975 年 6 月）
「処女作のころ」（「びわの実学校」1978 年 7 月号［第 88 号］）／「私の転機」（朝日新聞　1981 年 6 月 29 日）
「野犬の吠え声」（「ブックレビュウ」1986 年 4 月号、『椋鳩十の本』第 29 号）
「孤島の野犬　取材ノート」（かごしま近代文学館）

☆研究書、論文関係

『父・椋鳩十物語』（久保田喬彦　理論社　1997）
『椋鳩十　生きるすばらしさを動物物語に』（久保田里花　あかね書房　2019）
『椋鳩十の世界』（たかしよいち　理論社　1982）／『椋鳩十の本　補巻　椋鳩十の世界』（たかしよいち　理論社　1983）／『椋文学の散歩道』（たかしよいち　理論社　1998）
『風のごとく　椋鳩十の生涯』（生駒忠一郎　KTC 中央出版　1995）
「紀要　椋鳩十・人と文学」1 ～ 13（椋鳩十文学記念館　1996 ～ 2008）
「椋さんの手紙」（大藤幹夫「紀要　椋鳩十・人と文学」2　椋鳩十文学記念館　1997）
「椋鳩十の死を悼む」（鈴木敬司「文学と教育の会会報」第 13 号　1988）
「絵と文学　私の中の椋鳩十先生」（長尾淘太「紀要　椋鳩十・人と文学」9　椋鳩十文学記念館　2004）
「巻頭のことば」（久保田喬彦「紀要　椋鳩十・人と文学」11　椋鳩十文学記念館　2006）
「椋鳩十作品における屋久島」（久保田里花「児童文学研究」29　日本児童文学学会　1996）
『椋鳩十研究　戦時下の軌跡』（鈴木敬司　菁柿堂　2006）
「椋鳩十作「太郎のかた」に関する一考察」（内山三枝子、棚橋美代子「京都女子大学発達教育学部紀要」第 8 号　2012）／「戦時下児童文学における椋鳩十の作品構成と表現――「少年倶楽部」掲載の「嵐を越えて」をめぐって――」（阿部奈南「関西外語大学研究論集」第 107 号　2018）
「「幼年倶楽部」「軍神につづく横山少年団」に関する一考察　戦時下児童文学における椋鳩十（久保田彦穂）の表現」（阿部奈南「関西外国語大学研究論集」第 117 号　2023）
『かごしま文学の旅』（朝日新聞社鹿児島支局編　1966　三州談義社）
「椋鳩十の生涯」（椋鳩十文学記念館　1990）／「ひびきあう椋鳩十のこころ」（椋鳩十文学記念館　1993）
「自然と人間を愛した作家　椋鳩十・没後 10 年特別展」図録（椋鳩十文学記念館　1997）
「生誕 100 周年記念　椋鳩十の世界」図録（かごしま近代文学館　2004）
「山の大将」あとがき（講談社　1956）

☆その他

『瀬降と山刃　山窩綺譚』（三角寛　春陽堂書店 1937）／『純情の山窩』（三角寛　小峰書店 1940）
「燕」（川端康成　1925）／「南のせんちから来た　燕」（内田清之助「幼年倶楽部」1943 年 5 月号）

■著者プロフィール

多胡吉郎（たご・きちろう）

1956年生まれ。東京大学文学部卒。NHKでの番組制作を経て2002年より文筆の道に進む。『リリー、モーツァルトを弾いて下さい』（2006 河出書房新社）、『長沢鼎 ブドウ王になったラスト・サムライ～海を越え、地に熟し～』（2012 現代書館）、『猫を描く～古今東西、画家たちの猫愛の物語』（2022 現代書館）その他の著書がある。2023年、『生命の谺　川端康成と「特攻」』（現代書館）によって、第35回和辻哲郎文化賞を受賞。

椋鳩十と戦争　～生命《いのち》の尊さを動物の物語に～

2024年9月18日　第1刷発行
2025年1月22日　第2刷発行

著　者　多胡吉郎
発行者　池田雪
発行所　株式会社 書肆侃侃房（しょしかんかんぼう）
〒810-0041 福岡市中央区大名2-8-18-501
TEL 092-735-2802　FAX 092-735-2792
http://www.kankanbou.com
info@kankanbou.com

編集　田島安江、兒﨑汐美
ＤＴＰ　黒木留実、藤田瞳
印刷・製本　モリモト印刷株式会社

ISBN978-4-86385-638-7 C0095